엄마의 엄마

TAIYO WA HITORIBOCCHI
by Rurika SUZUKI
©2019 Rurika SUZUKI
All rights reserved.
Original Japanese edition published by SHOGAKUKAN.
Korean translation rights in Korea arranged with SHOGAKUKAN
through THE SAKAI AGENCY and BC Agency.

이 책의 한국어판 저작권은 BC에이전시를 통해
저작권자와 독점계약을 맺은 다산북스에 있습니다.
저작권법에 의해 한국 내에서 보호를 받는 저작물이므로 무단전재와 복제를 금합니다.

스즈키 루리카 소설
이소담 옮김

엄마의 엄마

다산
책방

차례

태양은 외톨이 … 7

신이시여, 헬프 … 141

오 마이 브라더 … 191

작가의 말 … 220

"더울 때는 팥소 장인이 일하는 작열지옥을 떠올리렴. 추울 때는 시베리아에 억류된 미나미 하루오*가 겪은 극한 지옥을 떠올리고."

혹한이나 혹서의 계절이 되면 엄마가 꼭 하는 말이다.

팥소 장인이 팥소를 삶는 작업이 얼마나 가혹한지에 대해 말 그대로 열변을 토한다. 불 옆에 붙어 서서 팥소를 조리면 팥소가 마그마처럼 튄다고 한다. 그걸 생각하면 여름 더위쯤은 아무것도 아니라는 소리다.

---

* 三波春夫. 1923~2001. 일본의 쇼와 시대를 대표하는 엔카 가수. 만주에서 관동군으로 복무했고 패전 후에 포로가 되어 스물두 살 때부터 사 년 동안 시베리아에서 억류 생활을 겪었다.

더위를 견디는 직업이 달리 더 있을 텐데(예를 들어 세탁소 직원이나 주물공이나. 무엇보다 엄마 자신이 푹푹 찌는 더위에 공사 현장에서 일하는 육체노동자면서) 굳이 왜 팥소 장인인가 하면, 엄마가 팥소를 좋아하기 때문이다.

국민 가수 미나미 하루오가 겪은 시베리아 극한 지옥이란, 예전에 그런 내용을 다룬 텔레비전 방송을 보고 절절히 감동해서 하는 소리다. 얼어붙은 시베리아 땅에서의 노동은 상상을 초월할 정도로 힘들다고 한다. 산 채로 사람이 언다나. 미나미 하루오가 겪은 극한 지옥을 생각하면 일본의 겨울 추위쯤은 아무것도 아니라고 주장한다.

그렇지만 아무리 팥소 장인과 미나미 하루오를 생각해도 더울 땐 덥고 추울 땐 춥다. 작년 여름은 유난히 더웠다. 더워서 죽은 사람까지 있었을 정도다. 에어컨 없이는 도저히 견디지 못했는데, 에어컨을 켤 때면 알게 모르게 죄책감을 느꼈다. 낮에 엄마가 일하러 간 동안 집에서 나 혼자만을 위해 에어컨을 켤 때면 왠지 찜찜한 마음이 들었다. 가능한 한 선풍기로 버티려고 했는데 그걸로는 도저히 견디지 못할 정도로 엄청난 더위였다.

"갑부는 여름에는 시원하게 지내고 겨울엔 따뜻하게 지낸다더라." 엄마가 자주 하는 말인데, 굳이 갑부가 아니어도 요즘 세상에선 그게 인간다운 평범한 생활일 테지.

엄마는 '부자'보다 '갑부'라는 말을 즐겨 사용한다. 집주인 아줌마도 마찬가지다. 내가 아는 사람 중에 이 말을 쓰는 사람은 두 사람뿐이다. 그런데 쓰는 방법도, "종이봉투가 잔뜩 쌓였네" "오, 봉투 갑부!" "무순이 이렇게 많아졌어" "오, 무순 갑부!" 하는 식이어서 그다지 무게감은 없다.

진짜 갑부는 텔레비전에서 종종 보듯이 방이 몇 개인지 자기도 모를 정도로 호화로운 주택에 살거나 자가용 비행기가 있거나 달에 가거나 하는 사람들일 테니, 이쯤 되면 판타지 세계다.

그런 사람들과 허구한 날 얼마 되지도 않는 돈 때문에 허덕이는 우리 집의 차이는 뭘까. 타고난 별자리가 다르다고 생각할 수밖에 없나? 돈이란 천하를 도는 법이라는데 이상하게 그 돈이 갑부들 사이에서만 돌고 우리에게는 좀처럼 오지 않는다. 약간의 찌꺼기도.

그리고 그 찌꺼기조차 얻어먹지 못하는 사람에게서도, 빼앗아야 할 때는 가차 없는 것이 이 세상이다.

나는 올봄에 중학교에 입학했다. 이 동네 공립 중학교인데, 엄마는 교복 주문서를 보고 눈을 부릅떴다.

"엥? 교복 한 벌이 칠만 엔이라고? 체육복은 이만 엔? 수영복과 수영모가 만 엔에 실내화랑 운동화를 합쳐서 칠천 엔이고 가방이 팔천 엔? 다 더해서 대충 십이만 엔이잖아. 이거 이

튼교 입학서류를 잘못 받아 온 거 아니니?"

영국 이튼교라면 이 수준이 아닐 테지만(무엇보다 거긴 남학교다), 장난치는 말투와 달리 엄마의 미간에 잡힌 주름이 깊었다. 내가 생각하기에도 이 금액은 너무 비쌌다. 그렇다고 안 살 수도 없고.

"삼 년간 십이만 엔. 일 년에 사만 엔, 한 달로 따지면 삼천 엔 조금이니까 하루에 백 엔인가."

그런 계산을 해봤자 현실은 달라질 게 없는데, 엄마는 그렇게 생각하고서야 조금은 차분함을 되찾은 것 같았다.

"일 년 내내 교복만 입고 살래?"

말도 안 되는 소리를 했다.

가격을 들은 집주인 아줌마도 "세상에나, 무슨 교복이 그렇게 비싸?" 하고 눈살을 찌푸렸다.

"우리 때는 언니나 친척 집에서 물려받았는데. 아이고, 그렇지. 내가 아는 사람 중에 이번 3월에 중학교를 졸업한 딸내미가 있는 집이 있으니까 한번 물어봐볼게."

그 말을 믿고 기다렸더니, 며칠 후에 아줌마가 정말로 블레이저 교복 상하의를 가지고 왔다.

"오오, 아직 깨끗한데요? 이거라면 충분히 입을 수 있겠어요. 사이즈도 잘 맞을 것 같고."

엄마는 반색했으나 왠지 모르게 위화감이 들었다. 학교 휘장이 '제4'인 것이 눈에 들어왔다.

"이거 '제4중학교'라고 적혔는데? 내가 가는 학교는 제3중학교인데요?"

그러자 아줌마가 혀를 날름 내밀었다.

"역시 안 되겠지?"

"에이, 이런 건 어디나 다 비슷비슷하지 않니? 남색 블레이저랑 주름치마는 맞으니까. 멀리서 언뜻 보면 몰라."

엄마까지 기가 막힌 소리를 했다. 학교생활을 하는데 선생님이나 학생들이 몇 년 내내 나를 멀리서만 보는 게 가능할 리 없다.

"아니면 계속 움직이자. 착시 효과를 이용해서 제4중학교의 교복인 줄 모르게 하는 거야."

"일루전!"

둘이 박장대소했다.

중학교 생활을 시작하는 이 시점에 나만 마이너스에서 시작하는 기분이 자꾸 들었다. 걱정이 이만저만이 아니었는데 결국 새 교복을 제대로 마련해주었다. 이럴 거면 처음부터 군말 없이 사주면 좋을 텐데. 우리 집은 꼭 이렇게 한바탕 소동이 없으면 안 되나 보다. 하긴 손에 넣었을 때의 감사와 기쁨은 불어난다. 빳빳한 새 교복을 보며 나는 감동했다.

"다행이다. 제대로 된 교복이어서."

뭐든지 쉽게 손에 넣는 갑부는 이 기분을 모르리라.

"이 제4중학교의 교복도 일단 보관해두자. 무슨 일이 생길 수도 있잖아."

엄마는 질리지도 않고 그런 소리를 했다. 무슨 일이라니?

"잃어버렸을 때 말이야."

내가 묻자 당연하다는 듯이 대꾸했다.

이러면 무슨 일이 있어도 새 교복을 사수해야 한다고, 소중히 여겨야 한다고 다짐하게 된다. 정말이지 돈이란 감사한 존재다. 돈으로도 사지 못하는 것이 있다는 말도 있고 또 옳은 말이라고 생각하지만, 돈이 없으면 돈으로 살 수 있는 것도 갖지 못한다.

"엄마도 다 늘어난 팬티를 어떻게든 달래가며 끝까지 입다가 드디어 때가 돼서 새 팬티를 입으면 진짜 기분이 째진다니까. 정신까지 상쾌해지는 느낌이야. 그럴 때 역시 돈이란 참 감사하다고 절실하게 생각해."

어떤 점에 감사함을 느끼는지는 모르겠지만.

이리하여 나는 무사히 중학생이 됐다. 하지만 중학교에는 나와 친했던 마리에와 미키가 없다. 기도 선생님도 없다. 6학년 말에 내 옆자리였던 미카미는 기숙사가 있는 야마나시의 학교에 갔다.

변화라고 하면, 식료품 가게 게키야스당激安堂이 폐점한 것인데 이 일은 가히 충격적이었다. 우리 집 식생활을 지탱해준 게키야스당이 올봄에 문을 닫았는데, 식료품 거의 전부를 그곳에 의지했던 우리 집은 어쩔 줄 몰라 했다.

"어쩐담. 거기가 없어지면 인제 끝장이야. 앞으로 어떡하면 좋지?"

리먼 쇼크는 우리 집에 먼지 한 톨만큼도 영향을 못 줬지만, 게키야스당의 폐점은 큰 타격이었다.

폐점 사실을 안 날, 엄마는 다른 단골들과 똘똘 뭉쳐 사장을 둘러싸고 "이 배신자!" 하고 욕했는데, 배신자고 뭐고 따지고 보면 그냥도 저렴한 게키야스당의 상품을 이러쿵저러쿵 트집 잡아 값을 깎아서 박리에 박차를 가한 끝에 가게의 수명을 줄인 것이 본인들이면서.

"유통기한이 얼마 안 남았으니까 반값 해줘요, 반값!" 이렇게 조르는 손님에게 사장님은 "어쩔 수 없네. 하지만 이러다간 우리가 망해요!"라고 농담처럼 말했는데, 그 말이 현실이 됐다.

아무리 계산해봐도 건물 자체가 너무 오래되어서 새로 짓고 가게를 다시 열기에는 도저히 수지타산이 맞지 않았나 보다. 가게를 판 부지에는 고급 맨션이 세워진다는 소문이 돌았다.

"내일부터 어떻게 살아야 하지? 이대로는 못 살아."

엄마는 며칠을 유난스럽게 속상해했지만 당연히 별일은 생기지 않았고, 없으면 없는 대로 그럭저럭 살아갈 뿐이다.

마리에와 미키, 기도 선생님, 미카미가 없어도 내 중학교 생활은 시작됐고, 게키야스당이 없어져도 멀쩡하게 살고 있다.

변하지 않는 듯하면서 변한다. 이 동네도, 사람들도.

공사 현장에서 일하는 육체노동자인 엄마는 전보다 요통이 심해졌는데, 이건 나이와 과로 탓이다. 집주인 아줌마는 무릎 통증이 더 심해졌다는데, 그건 전보다 살이 쪘기 때문이라지만 역시 변화라면 변화다.

"하나도 안 변한 건 겐토 정도네. 겐토는 내가 어릴 때부터 쭈욱 이랬으니까. 계속 탁하게 고인 느낌이야."

"탁하다니. 되게 실례되는 소리를 한다, 너."

겐토는 집주인 아줌마의 외동아들로, 연립주택 옆 단독주택이 자기 집이면서, 세상을 떠난 아버지에게 오래전에 쫓겨난 이후로 지금까지 이 연립의 이층에서 지낸다. 이십 대일 텐데 직업 없이 뒹굴기나 하는 이른바 백수 니트족이다. 내가 어린이집에 다니기 전부터 줄곧.

"그리고 겐토, 겐토라고 함부로 부르는데 나 너보다 한참 어른이거든?"

"그렇다면 집주인 아줌마의 아들, 이층의 무위도식자, 미스터 니트."

"겐토면 됩니다. 아니, 제발 겐토로 부탁합니다."

지금은 내가 말로 이겨먹는 겐토지만, 이래 보여도 예전에는 신동이라고 불릴 정도였다고 하니 이름값을 톡톡히 했다고 해야 하나.* 입학하기 어려운 사립 남학교에 중등부 입시를 치르고 들어갔는데, 무슨 일이 있었는지 차츰차츰 등교 거부를 하다가 지금에 이르렀다고 들었다.

"타고난 머리는 좋다며. 그런 사람들은 대대적인 결심을 해서 회사를 차리거나 어려운 자격증을 딸 수 있지 않아? 그럴 계획은 없어?"

"응, 없어."

평소에는 뺀질뺀질 대답을 얼버무리면서 그것만큼은 단호하게 말한다.

겐토는 제쳐두더라도 모두 예전 그대로 있을 순 없다. 우리 집이 가난한 건 여전하지만.

중학생이 되어 처음 사귄 친구는 오하라 사치코였다. 나와 같은 가정 동아리이고 집은 이웃 동네인데 학군이 달라서 다른 초등학교에 다녔다.

5월의 연휴, 사치코가 자기 집에 놀러 오라고 했다. 중학교에서 처음 사귄 친구 집에 간다고 하자 엄마는 굉장히 기뻐하며 그럴 때를 위해 '보관'해둔 쿠키를 찬장 구석에서 끄집어냈

---

* 겐토의 이름은 현명할 현(賢)에 사람 인(人)을 쓴다.

다. 기억하기로 장례식에 다녀오고 받은 답례품이라 꺼려졌는데, 겉보기에는 그런 티가 안 나는 평범한 초콜릿 쿠키였다.

"이런 선물은 보통 어느 정도 고급품을 주니까 괜찮아. 음, 유통기한도 아직 멀었네."

엄마는 역시 따로 보관해둔 귀여운 물방울무늬 종이봉투에 쿠키를 담았다. 그때 집주인 아줌마가 와서 "이것도 가지고 가렴" 하고 진한 오렌지색 꽃을 내밀었다. 아줌마가 마당에서 키우는 금잔화였다.

"오, 좋은데요? 어쩜 예쁘다. 이거 봐. 잘됐구나, 하나."

엄마가 기쁘게 받았다.

그야 예쁘긴 한데, 금잔화가 아마 국화과 아니었나? 아줌마도 꽃이 오래가서 불단에 올리기 좋다면서 키운 것으로 안다. 장례식 답례품에 불단용 금잔화. 괜찮을까? 금잔화의 눈부신 오렌지색과는 정반대로 내 마음에 어두운 그림자가 드리웠으나, 내가 그런 눈으로 보니까 그래 보인다고 생각하기로 했다.

"쿠키 한 상자로는 부족하려나? 몇 개 안 들었으니까, 이런 고급스러운 과자는. 게키야스당이 있었다면 커다란 봉지에 담긴 대용량 전병 과자라도 살 수 있었을 텐데."

"괜찮아, 변변찮아도 마음이야."

변변찮아도 마음.

이 또한 두 사람이 즐겨 사용하는 말이다. 이번에도 두 사람

말고는 내 주변에서 쓰는 사람이 없다. 변변찮아도 마음. 이 말은 전지전능한 힘을 지녀서 어지간한 일은 다 괜찮다고 여기게 하는 완벽한 마법의 말이다. 원래는 남에게 선물할 때, 가격이 저렴하고 양이 적어도 진심을 담았으면 충분하다는 의미로 쓰는 말이라는데, 생각하기에 따라 마음이 진정된다는 의미도 있다고 한다. 이 두 사람은 더욱 확대 해석해서 널리 사용했다.

"이거 한참 예전에 샀던 옷인데, 지금 입어도 이상하지 않을까요?"

"변변찮아도 마음이야."

"제대로 된 코르사주가 없어서 잡지에서 만드는 법을 보고 광고지로 만들었는데 어때요?"

"변변찮아도 마음이야."

"요즘 정수리 머리숱이 줄어든 것 같아요."

"변변찮아도 마음이야."

"이 우비, 빗방울을 튕겨내질 못해요. 이제 한계인가. 하지만 이것밖에 없는데."

"변변찮아도 마음이야."

이렇게 '걱정하지 마', '기분 탓이야', '없는 것보단 낫지'까지 뜻을 독자적으로 발전시켰다. 그러니 두 사람이 아무리 "변변찮아도 마음이야"라고 말해도 불안함이 가시지 않는다.

"어라? 이거 진디 아니야?"

엄마가 금잔화 다발을 들여다보며 말했다.

"어디어디, 어머, 진짜네."

아줌마가 그렇게 말하자마자 꽃을 입가로 가지고 가더니, 입을 오므리고 뺨을 있는 힘껏 부풀려 "푸웃!" 하고 힘차게 입김을 내뿜었다.

"오오, 날아갔다, 날아갔어."

아줌마의 입김을 성대하게 얻어맞은 꽃은 기분 탓일까, 생기를 잃은 것처럼 보였다. 금잔화에는 진디보다 이쪽이 훨씬 더 충격이지 않았을까.

"아, 이쪽에도 또 있다."

이번에는 엄마가 꽃에 강하게 입김을 불었다. 이어서 정신없이 기침을 해댔다.

"괜찮아?"

아줌마가 엄마의 등을 쓸어주며 물었다.

"네에, 숨을 불고 들이마시다가 진디까지 삼켰어요. 케엑, 쿨럭. 이게 목 안쪽에 들러붙은 것 같아서, 으엑."

"안 죽어. 진디니까 목이 미끌미끌해지지 않겠어?"

"윤활유예요?"

"목소리가 좋아질 거야."

이런 두 사람이 변변찮아도 마음이라고 말해도……. 쿠키는 몰라도 금잔화는 거절하고 싶은데 말을 꺼낼 분위기가 아니었다. 엄마와 아줌마가 번갈아가며 금잔화 속 진디를 체크해대고, 진디가 보일 때마다 훅 입김 불기를 반복한 끝에 간신히 신문지로 포장할 수 있었다.

  친구 집에 잠깐 가는데도 이런 소동을 겪지 않으면 안 되는 게 우리 집이다.

  자전거를 타고 알려준 주소대로 찾아갔는데 사치코의 집은 눈에 확 띄었다. 초콜릿 브라우니 같은 벽돌을 쌓아 만든 양옥집이었고, 세련된 돌출창에 새하얀 레이스 커튼이 달렸다. 생각보다 훨씬 큰 집이었다. '오하라'라고 적힌 문패까지 위풍당당해서 멋졌다. 집과 같은 색 벽돌로 된 담에 붙은 초인종을 눌렀다.

"열려 있어, 들어와."

  사치코의 목소리가 들렸다.

  유럽풍 철문을 열자, 노란색과 빨간색과 분홍색 장미가 핀 마당이 보였다. 집 현관문까지 이어진 좁은 길에는 장미로 된 아치가 있었다. 마당에는 앤티크 테이블과 의자 세트까지 놓여 있었다. 기분 좋은 장미 향기가 났다. 정성껏 돌본 다양한 종류의 장미가 화려하게 핀 마당은 자그마한 장미 정원이었다. 큼지막한 장미를 보니 나도 모르게 진디 붙은(일단 불어서 날렸지만) 금잔화를 숨기고 싶었지만, '변변찮아도 마음'이라고 속으로 중얼거렸다.

판 초콜릿 같은 현관문 앞에 서자 곧 문이 열리고 사치코가 나왔다.

"어서 와, 얼른 들어와."

"시, 실례하겠습니다."

조금 긴장하며 들어갔다.

"괜찮아, 지금 나 혼자 있거든."

사치코가 슬리퍼를 내주며 말했다.

"어, 그래?"

슬리퍼에는 나도 잘 아는 유명 고급 브랜드의 마크가 달려 있었다. 아마 우리 집의 그 어떤 신발보다 비싸겠지. 아니다, 집에 있는 신발 전부를 합쳐도 못 이긴다. 애초에 우리 집엔 화장실 말고는 슬리퍼가 없다. 슬리퍼를 신고 걸을 복도나 마루도 없다.

"꺅, 꽃 귀엽다. 나 주는 거야?"

사치코가 금잔화를 보고 말했다.

"아, 응. 집주인 아줌마네 집에 핀 거지만."

건네려는데, 꽃 한 송이 아래에서 기어 다니는 진디가 눈에 들어와서, 꽃 모양새를 정돈하는 시늉을 하며 손가락으로 짓뭉갰다. 또 숨어 있을지도 모른다. 제대로 된 꽃을 사올 것을 그랬다. 돈을 안 쓰고 해결하려고 하면 괜히 더 신경 써야 한다. 역시 돈은 감사하다.

"아, 이것도. 쿠키인데."

"와, 고마워. 맛있겠다."

쿠키는 괜찮겠지. 장례식 답례품인 줄은 모를 것이다. 만에 하나 그런 냄새를 풍기는 흔적이라도 있을까 봐 몇 번이나 확인했으니까.

"일단 거기 앉아."

넓은 거실로 들어가자 가죽 소파와 고급 흑양갱처럼 번쩍이는 피아노가 있었다.

"피아노 칠 줄 알아?"

부엌에서 차를 준비하는 듯한 사치코에게 말을 걸었다.

"아니, 그거 여동생 거야."

"여동생이 있구나?"

"응, 지금 초등학교 1학년이야."

"진짜? 나이 차이가 꽤 난다."

잘 보니 피아노 위에 사진이 있었다. 사치코의 부모님처럼 보이는 정장 입은 어른 둘과 빨간 리본이 달린 세일러복을 입은 여자애가 찍힌 사진이다.

"동생은 사립 초등학교에 다녀?"

"응, 세이센 여학원의 부속 초등학교."

도쿄 도내에서도 가장 부자 동네에 있는 매우 유명한 부자 학교의 이름이었다.

"대단하다."

"그렇지. 아, 이거 들어줄래?"

꽃병에 꽂은 금잔화를 건네받았다. 시원해 보이는 초록색 꽃병이었다.

"이거 예쁘다."

"아, 플라워베이스? 베네치아 글라스래."

플라워베이스가 꽃병이라는 것을 이해하기까지 몇 초쯤 걸렸다. 베네치아 글라스. 그 말을 들어서인지 디자인이 과연 우아했다. 금잔화도 훨씬 돋보였다. 옷이 날개라더니 진디 붙은 금잔화도 베네치아 글라스에 넣으니 달라 보인다.

사치코는 내가 가지고 온 쿠키를 티포트와 찻잔(이것도 여왕님이 쓸 법한 섬세한 디자인이었다)과 함께 쟁반에 담아 왔다.

"내 방에 가자."

사치코를 따라 이층으로 올라갔다. 사치코의 방은 네 평 정도 크기였다. 책상과 유리 테이블, 책장, 옷장, 침대에는 고급스러워 보이는 꽃무늬 이불이 있었다.

"이것도 예쁘다."

"응, 로라애슐리. 엄마 취향이야."

로라라고 하니 외국 여자일 테지? 이불 가게 상호 같지는 않다. 폭신폭신하고 가벼워 보였다. 아마 새털 이불이겠지. 우리 집에서 쓰는 솜이불이 생각났다. 지금 집으로 이사 오면서 집주인 아줌마에게 받았다고 들었다. 원래 손님용으로 쓰다가 이제는 쓸 사람이 없어서 우리 집에 줬다는데, 강렬한 빨간색 바탕에 극채색 모란과 학이 그려진 무늬가 꼭 기생의 기모노처럼 화려해서 왠지 악몽에 시달릴 것 같은 이불이다. 커버를 씌워서 어떻게든 해결했지만 이게 또 얼마나 무거운지 모른다. 자면서 뒤척이기도 어려울 정도의 무게감이다.

"무게가 이 정도는 있어야 좋아. 너무 팔랑팔랑 가벼우면 아침마다 걷어차서 감기를 달고 살걸?"

엄마는 그렇게 말했지만 무거운 이불이 몸에는 더 안 좋을 것 같다. 요로 말할 것 같으면, 전병 수준의 얇음을 넘어 마른오징어처럼 딱딱하고 얄팍하다. 엄마는 그 요를 두고도 덧붙여 말했다.

"딱딱한 게 허리에는 좋대. 그리고 자갈밭에서 자는 걸 생각하면 극락이지."

자갈밭에서 자다니, 왜 그런 극한 상황을 가정하는지 이해할 수 없지만, 매번 이렇게 가장 낮은 수준을 끌고 오니까 뭐라 할 말이 없다. 하지만 로라애슐리와 마른오징어라면 누구나 망설이지 않고 로라애슐리를 선택할 테지.

"홍차를 우렸어."

사치코가 은제 티스푼을 내놓으며 권했다.

"설탕도 있긴 한데 이것도 있다?"

작은 도자기 단지를 열자 반들거리는 자주색 잼이 들어 있었다.

"장미 잼이야."

"장미?"

"마당에 핀 장미를 따서 직접 만들었는데 무농약이니까 괜찮아."

"장미로 잼을 만들 수 있다니 몰랐어."

"은은하게 장미향이 나서 맛있어. 홍차에 타서 먹어도 되고 그냥 먹어도 괜찮아. 나중에 레시피 줄게."

알겠다고 대답했지만 우리 집에는 장미가 없다. 집주인 아줌마 집에 금잔화는 있지만.

장미 잼을 스푼으로 떠서 먹어보니 정말로 장미향이 나는 게 맛있었다. 색도 예쁘다. 내가 가지고 온 쿠키도 먹었다. 다행히 눅눅하지 않았다. 평범하게 먹을 만한 쿠키다.

문득 옷장 위의 액자에 시선이 갔다. 아까 피아노 위에 놓였던 액자와 같은 사진인 줄 알았는데 어딘가 미묘하게 달랐다. 피아노 위의 가족사진에는 부모님과 여동생만 있고 사치코는 없었다. 지금 보는 사진에는 사치코가 있었다. 부모님의 정장과 배경색은 같으니 아마 같은 날 사진관에서 찍었으리라. 사치코도 여동생도 올봄에 각각 중학교와 초등학교에 입학했다. 입학 기념으로 찍었다면 피아노 위의 사진에는 왜 세 명뿐일까?

"저건 우리 가족용 사진이라서 그래."

내 의문을 읽었는지 사치코가 말했다.

"피아노 위에 있던 사진은 할아버지 할머니용이고."

무슨 말인지 이해가 안 됐다.

"우리 집은 엄마랑 지금 아빠가 재혼했어. 나는 엄마가 데려온 자식이야. 새로 태어난 애가 여동생. 아빠가 다른 자매지. 그러니까 아빠랑 나는 혈연관계가 아니고 당연히 아빠의 부모님인 할아버지 할머니하고도 아니야. 그래서 할아버지 할머니한테 줄 사진은 세 사람만 찍었어. 나 없이."

"어? 도대체 왜?"

"그렇게 해달라고 하진 않았어도 그쪽은 그게 더 좋을 테니까. 오늘도 셋이서 할아버지 할머니 집에 갔어. 나한테도 같이 가자고 하긴 했는데 숙제가 있어서 괜찮다고 하니까 아빠도 엄마도 잠깐이지만 안심하는 표정을 짓더라. 본인들도 아마 그러는 줄 몰랐을 거야. '다행이다' 하는 표정이었어. 내가 그렇게 말하니 마음이 편해진 모양이야. 뭐, 어차피 나도 가봤자 싫기만 할 테니까 상관없어. 나만 이색분자니까. 거기 있으면 영 불편하고, 우리 엄마도 괜히 신경 써야 하잖아. 그러니까 집에 혼자 있는 편이 훨씬 나아."

"그, 할아버지랑 할머니가 괴롭히거나 해?"

"노골적이진 않아도 말 한마디나 태도에서 아무래도 드러나. 그냥 문득문득. 예를 들어 외식하러 가서 내가 뭐든지 잘 먹으면 할아버지가 이렇게 말해. '가리는 게 없구나. 기특해라. 우리 집안은 편식하는 혈통이거든.' 내가 왼손잡이인 걸 보고 할머니가 '어머나, 왼손잡이니? 우리 친척 중엔 아무도 없는데. 하기야 있더라도 우리 집안이라면 일찌감치 고치도록 했겠지만'이라고 하거나. 그러고서 변명하듯이 '그래도 왼손잡이는 스포츠를 할 때 유리하다더구나' 하는 소릴 덧붙이는데, 그게 무슨 위로람?"

"그거 너무하다!"

"그렇긴 한데, 원래 우리 엄마랑 결혼하는 거 자체를 결사반대했대. 연상에 이혼 경력이 있는데 애까지 딸렸으니까. 하지만 그때 이미 여동생을 임신해서 허락할 수밖에 없었나 봐. 지금 아빠는 외동아들이니까 여동생은 대망의 손녀야. 귀여워서 아주 어쩔 줄을 모르더라. 게다가 아빠네 집안이 꽤 자산가인가 봐. 임대 빌딩이나 아파트 같은 부동산도 많고 회사도 경영해. 아빠도 거기에서 일하고. 여동생은 이름이 리이사인데, 할아버지랑 할머니가 '앞으로 전부 리이사 게 될 거야'라고 하더라."

"그래도 되는 거야?"

"어쩔 수 없지. 그분들한테 나는 새빨간 타인이니까."

"그치만 엄마는? 사치코 엄마는 뭐라고 하시는데?"

"엄마는 이 집안 사람이 되려고 필사적이야. 내 생각을 아예 안 하는 건 아니겠지만, 오늘 내가 집에 있겠다고 하니까 이러더라. '그렇지, 중학생이니까 숙제도 어려워졌을 테고 바쁠 거야. 그래, 사치코는 집에 있는 게 낫겠어.' 그런 소리를 입 밖으로 내면서 자기 죄의식을 삭이는 것 같아. 여동생이 사립 초등학교에 다니는 것도 다 할아버지 돈 덕분이거든? 그런 것쯤 나도 다 아는데, 엄마는 또 이러는 거야. '리이사는 편식이 심해서 급식을 못 먹잖니. 어쩔 수 없이 도시락을 싸 가는 사립에 보내기로 했어. 사치코는 편식하지 않으니까 공립에 다닐 수 있어서 다행이야.' 맥락을 못 잡는다니까. 내가 듣고 싶은 건 그런 말이 아닌데. 듣기 그럴싸한 구실이나 자기 행동을 정당화하는 적당한 변명도 아니고."

사치코가 액자에 손을 뻗었다.

"피아노 위에 있는 사진이 이 집의 진짜 가족이야. 나는 필요 없는 조각이고. 가족의 퍼즐에 들어가지 않는 여분의 조각이지. 이 집에 내가 머물 곳은 없어."

"그건……."

"진짜라니까. 이 집에서 나는 필요 없는 자식이야."

"아빠는? 진짜 아빠는 뭐 하셔?"

"글쎄, 내가 아기일 때 이혼해서 하나도 기억 못 해."

"우리 집이랑 같다. 나도 아빠가 없거든."

"알아. 꼭 그래서는 아니지만, 너라면 친해질 수 있을 것 같고 내 얘기도 들어줄 수 있을 것 같아서 말을 걸었어."

"그랬구나……. 사치코, 진짜 아빠랑 만나고 싶니?"

그렇게 말하며, 사치코와 가정 환경이 비슷했던 초등학교 친구 유카가 진짜 아빠와 만나러 갈 때 따라갔던 기억을 떠올렸다. 초록은 동색이라는 말도 있듯이 나는 이런 아이들과 인연이 있나 보다.

"글쎄, 모르겠어. 별로 좋은 얘기를 못 들었거든. 제대로 된 직업도 없다나. 그래도 내 이름 사치코는 아빠가 붙여준 거래. 요즘 세상에 '코子'가 들어가는 이름은 별로지만. 행복한 아이라는 뜻의 사치코라고 지을 거면 평범하게 행복할 행에 아이 자幸子를 쓰면 될 텐데 굳이 도울 좌에 알 지에 아이 자佐知子라는 한자를 썼잖아. 사토佐藤 성 이외에 도울 좌가 들어가는 이름을 본 적 있니? 사토의 사를 아는 아이라니, 뭐 어쩌라는 건가 싶어. 왜 이런 이름을 붙였는지 궁금해. 물어보고 싶어. 그냥 그뿐이야."

예상치 못한 고백이어서 뭐라 해줄 만한 말을 찾을 수 없었다. 이렇게 멋진 집에 살고 자기 방도 있는데 정작 머물 곳이 없다니.

"그러니까 얼른 이 집에서 나가고 싶어. 사실은 지금 당장이라도 나가고 싶을 정도야. 그 집에서 받은 돈으로 산다고 생각하면 일분일초라도 빨리 나가고 싶어. 그래서 돈을 잔뜩 벌어서 그 집보다 훨씬 더 부자가 되고 싶어."

"아, 그것도 나랑 같아. 나도 부자가 되고 싶어."

"그렇지? 역시 너한테선 나랑 비슷한 냄새가 난다니까."

"그, 그래?"

아니, 다른 사람도 느낄 정도로 나한테서 돈에 굶주린 냄새가 나나?

"그래서 말인데, 나는 회사를 세우고 싶어. 그 집이 운영하는 회사보다 더 큰 사업을 해서 그 집보다 부자가 되고 싶어."

사치코가 말하는 '그 집'이란 조부모님 댁인가 보다.

"어떤 회사를 차리고 싶은데?"

"그게 문제야."

사치코가 새삼스럽게 나를 보며 말했다.

"요즘은 학생이어도 회사를 차려서 성공하는 사람이 있잖아? 중고등학생도 있다더라. 중학생이어도 수입이 있으면 졸업하자마자 이 집에서 나갈 수 있어. 혼자 살 수 있는 거야."

"어? 고등학교는?"

"기숙사가 있는 곳도 있고, 내가 돈을 벌면 혼자 살면서 다니면 되잖아. 서로 그러는 편이 나을 것 같아."

서로란 지금 가족과, 라는 의미겠지.

"이 집에서 독립할 때는 내 돈으로 당당하게 가슴을 펴고 나가고 싶어. 그 누구도 잔소리 못 하게 할 거야. 그렇지만 구체적으로 뭘 하면 좋을지 전혀 생각이 안 나. 얼마 전에 젊어서 자산가가 된 사람의 자서전을 읽었는데, 그 사람은 초등학생 때부터 주식을 해서 자금을 마련했대. 주식에 투자할 돈은 부모님한테 받았다더라. 고등학교 졸업할 때까지 받을 용돈을 선불로 받았대. 하지만 나는 그것만큼은 절대 하기 싫어. 이 집에서는 한 푼도 받기 싫어."

"하지만 그러면 회사를 세울 자금을 어떻게 준비하려고?"

"그거야. 그러니까 네가 같이 생각해주면 좋겠어."

"어? 내가?"

"하나미, 머리도 좋고 아는 것도 많잖아."

"어? 자, 잠깐만. 그건……."

사치코는 갑작스러운 제안에 허둥거리는 나한테 두 손까지 모아 "부탁이야" 하고 졸랐다.

"부탁이라니, 나는 그런 거 하나도 모르는데? 음, 중학생이면 아르바이트도 못 하고. 뭔가 파는 건 어때? 나는 해본 적 없는데 인터넷에서 파는 거야."

"아, 그건 나도 생각했어. 하지만 뭘 팔아? 우리가 팔 수 있는 건 음, 체육복이나 교복이나."

"그, 그건 위험해. 여학생인 걸 이용하는 거잖아. 회사를 차리기 전에 붙잡힐 거야. 아닌가, 잡히진 않나? 범죄까지는 아니니까? 그래도 안 돼. 게다가 교복을 팔고 나면 나는 제4중학교 교복을 입어야 한다고. 아, 제4중학교 교복이라면 팔아도 될까? 역시 안 되겠지?"

"응? 무슨 소리야?"

"아, 그냥 혼잣말이야. 아무튼 그건 안 돼."

"역시 그렇겠지? 그럼 또 우리가 할 수 있는 게 뭐지?"

"가정 동아리니까 양모 펠트 마스코트를 만들어서 팔거나……?"

"너무 자잘하지 않니?"

그렇다. 회사를 세울 돈을 벌려면 도대체 펠트 마스코트를 몇 개나 만들어야 할까. 정신이 아득해진다. 사회 시간에 배운 『여공애사』*의 한 장면이 떠올랐다.

"마스코트를 사면 소원이 이루어지거나 사랑이 이루어진다고 하면 팔리지 않을까? 영적으로 효과가 있다고."

"마음대로 그렇게 해도 돼?"

---

* 『女工哀史』. 1925년에 출간된 르포. 방직공장에서 일하는 여성 노동자의 생활을 선명하게 기록했다.

"병이 낫는다거나 살이 빠진다고 하면 안 되겠지만 약간 두루뭉술한 건 괜찮지 않을까? 법의 맹점을 찌르는 거지."

"아니야, 찌르기 싫어. 한 발 삐끗하면 큰일 날 것 같아."

자꾸만 위험한 쪽으로 이야기가 흘러가는 것 같다. 당분이 필요한 것 같아서 장미 잼을 스푼으로 퍼먹었다.

"아, 그럼 이건? 장미 잼을 만들어서 파는 거야. 이거라면 건전하고, 큰 냄비면 한 번에 대량으로 만들어서 팔 수 있어."

"식품위생법에 걸리지 않을까? 음식을 함부로 파는 게 오히려 위험할 것 같아."

"그런가. 음식은 어렵겠다. 식중독이라도 걸리면 자금을 모으긴커녕 반대로 위자료나 배상금을 내야 할 테니까."

우리는 동시에 한숨을 내쉬었다. 회사를 세우기까지 갈 길이 멀다.

그래도 사치코는 이렇게 고민하고 아이디어를 내며 대화를 나누는 것이 중요하다고 했다. 겨우 이 정도만 해도 어제까지의 우리와는 다르다. 무無에서 한 발 전진했다는 것이다.

그 후, 만화를 읽고 게임을 하고 사치코가 녹화한 개그 방송을 봤더니 저녁이 돼서 사치코네 가족이 돌아오기 전에 집을 나섰다. 나가려는데 사치코가 "금잔화의 답례야"라며 마당의 장미 몇 송이를 가위로 잘라 주었다.

"뭐가 좋아? 분홍색? 빨간색? 노란색도 있어. 이 하얀 장미는 잉글리시 로즈라고 해."

사치코가 망설임 없이 장미 가지들을 가위로 척척 잘랐다.

"괜찮겠어? 혼나면 어떡해?"

내가 당황해서 묻자 사치코는 "괜찮아. 오늘 하루 집을 잘 봤으니까 이 정도쯤은 얼마든지 해도 돼"라고 대답하고 입을 꾹 다물었다. 저녁놀을 받은 그 얼굴은 화가 난 것처럼도, 혹은 뭔가를 견디는 것처럼도 보였다.

사치코는 색색의 장미 꽃다발을 고급 양과자점의 두툼한 포장지로 싸서 자전거 앞 바구니에 넣어주었다.

많이 받았으니 아줌마한테도 나눠드려야지. 아줌마한테 받은 금잔화의 답례니까.

집에 돌아와 장미를 나눴다. 그 두 사람이라면 틀림없이 익숙한 그 말 "사려면 비싸니까"라고 하리라 짐작했는데, 역시 생각대로여서 재미있었다.

빈 커피 병에 하얀 장미 두 송이를 꽂아 겐토에게도 가지고 갔다. 지저분한 방에 들어가기 싫어서 문 앞에 막 내려놨는데 때마침 겐토가 돌아왔다.

"아, 외출했었네? 시간 때우다 왔어?"

"갑자기 무례한 소릴 하네. 뭐, 그 말대로지만. 그 장미는 웬 거야?"

"친구가 줬어. 마당에 가득 피었다면서."

"그래? 그런데 문 앞에다가 그렇게 두니까 꼭 내가 죽은 것 같다?"

"뭐 어때. 어차피 비슷하잖아?"

"거듭 무례한 발언인데. 하지만 받아칠 말이 없는 내가 한심하군. 그나저나 예쁘다. 고마워."

"향도 엄청 좋아. 방 냄새가 조금은 가실 것 같아서."

"냄새라니. 하긴, 그것도 사실이니까 두 손 두 발 다 들 뿐입니다."

그렇게 대꾸하며 겐토가 병을 손에 들었다.

"하얀 장미의 꽃말이 뭔지 알아?"

겐토가 꽃을 바라보며 물었다.

"아니, 몰라."

"'깊은 존경', '나는 당신과 어울립니다'야."

"오오, 그렇구나."

"개수에도 의미가 있는데, 두 송이는 '이 세상에 우리 둘뿐'이라는 뜻이야."

"역시 썩어도 전직 수재, 전직 신동, 현재 백수!"

또 뭐라고 받아칠 줄 알았는데, 겐토는 아무 말 없이 하얀 장미를 바라보았다. 화가 난 줄 알고 걱정했는데 그건 아닌 듯했다. 어딘가에 마음을 빼앗긴 듯한 표정이었다.

집에 베네치아 글라스 플라워베이스는 없었지만, 눈을 부라리는 기분 나쁜 봉황 비슷한 새가 난무하는 중국 항아리 같은 꽃병이 있어서(동네 바자회에서 팔다 남은 것인 듯) 거기에 꽂았다. 방이 좁아서 장미 향기가 금방 채워졌다.

"이야, 여기가 베르사유 궁전입니까?"

엄마가 농담하며 꽃병 옆에 야채 크로켓을 놓았다. 정육점에서 가장 저렴하고 영양가도 있어서 엄마의 말에 의하면 가장 가성비 좋은 반찬이다.

"크로켓은 원래 프랑스에서 온 요리니까. 오늘 식탁이랑 잘 어울리지 않나요? 마드무아젤, 봉주르, 브라보."

입을 크게 벌려 크로켓을 먹는 엄마다.

"브라보는 이탈리아어야."

"에이, 거기가 거기지. 사이타마랑 군마* 같은 거잖아?"

"알기 쉬운 예시네."

엄마와 대화를 나누며, 여기가 내가 머물 곳이라고 새삼스레 생각했다. 여태 그런 의식조차 없이 살았다. 자기 집인데 내가 편히 머물 곳이 없다니. 그렇게 큰 집인데. 비좁은 셋집이라도 여기에는 분명히 내가 머물 곳이 있다. 지저분한 이층 방이지만 겐토에게도 머물 곳이 있다. 거기 말곤 없지만. 사치코는

---

* 일본의 간토 지방 서부에 있는 두 개의 현. 사이타마와 군마는 바로 이웃해 있다.

자기 자신을 가족에게 필요 없는 조각이라고 여길 만큼 괴로운 거다. 아무리 로라애슐리 이불에서 잔다고 해도.

어쨌든 마른오징어 요는 조만간 좀 두드려야겠다.

일주일이 지났을 무렵, 학교에 다녀왔는데 집 앞에 젊은 남자가 서 있었다.

양복을 말쑥하게 입었다. 머리는 짧고 깔끔했으며 구두도 반질반질 잘 닦였다. 영업사원일까? 우리 집에 와도 아무것도 못 사는데.

남자는 손에 든 종이와 우리 연립주택을 번갈아 보았다. 누군가의 집을 찾고 있나 보다.

"저기, 몇 호실을 찾으세요?"

말을 건 이유는, 남자의 옷차림이 단정하고 청결했기 때문이다. 엄마가 맨날 "옷차림에 속아 넘어가면 안 돼. 남을 속이려는 사기꾼은 늘 깔끔한 차림을 하는 법이니까"라고 경고했지만.

"아아, 주소는 이곳이 맞는데 어느 방인지를 잘 몰라서요."

남자가 하얀 이를 드러내며 웃었다. 서글서글한 외꺼풀 눈에 부드러운 미소. 손에 든 종이를 들여다보니 정말로 이곳 주소와 그 아래에 성이 적혀 있었다.

"어? 마쓰시타?"

"네. 마쓰시타 겐토 씨. 이곳에 사는 걸로 아는데요."

"겐토요?"

집주인 아줌마의 성이 마쓰시타라는 사실을 오랜만에 떠올렸다.

"이 연립주택 주인아줌마의 아들 말이죠?"

"아, 맞아요. 옛날에 그가, 마쓰시타 씨가 이 옆에 있는 단독주택에서 부모님과 살던 시절에 놀러 온 적이 있어요."

그렇게 옛날부터 아는 사이인가? 그렇다면 아직 고등학생이나 중학생이던 시절일 텐데. 겐토가 아직 수재였던 시절. 듣고 보니 앞에 선 남자는 겐토와 비슷한 나이 같아 보였다. 혹시 동급생인가?

"그 사람, 마쓰시타 씨를 아세요?"

"어어, 네. 우리 엄마랑 겐토 어머니가 사이가 좋으셔서요. 제가 어렸을 때부터 우리 집 바로 위에서 살았거든요."

"마쓰시타 씨는 건강한가요?"

"음, 건강하다면 건강한데 반쯤 죽었다고 해야 하나. 뭐, 매일 무위도식하면서 지내요. 오래 살기 싫다는 소리를 자주 하지만요. 뭐, 쉽게 말해서 백수예요. 오래전부터요. 제가 어린이집에 다니기 전부터."

"그렇군요. 저, 그런데……."

뭐라고 말을 걸려던 남자는 내 어깨 너머의 무언가를 시선으로 포착하더니 이내 숨을 죽였다. 뒤를 돌아보니 겐토가 서 있었다.

돌처럼 굳었다는 말이 바로 이런 상태이리라.

남자와 겐토는 서로 얼굴을 마주 본 채 꼼짝하지 않았다. 눈도 깜박이지 않았다.

"어, 어떻게……."

잔뜩 쉰 목소리를 간신히 짜낸 쪽은 겐토였다.

"마, 만나러, 아니, 사과하러 왔어."

그 말을 들은 겐토의 표정이 확연하게 이상해졌다. 입은 웃으려고 하는데 눈은 허공을 헤맸고 뺨은 경련을 일으켜 기묘해졌다. 입술이 떨리나 싶더니 그만 그 자리에 무릎을 꿇고 쓰러졌다.

"어, 어? 왜 그래?"

몸을 받쳐 일으켰는데 낯빛이 새파랗다, 아니, 새하얗다. 빈혈인가?

남자도 손을 내밀어 겐토를 안으려고 했다.

"뭐 하니?"

소리가 들려 돌아보니 엄마였다. 지금 막 일을 마치고 왔나 보다.

"어, 엄마. 겐토 상태가 갑자기 안 좋은 것 같아서."

"어어?"

엄마가 후다닥 뛰어와서 남자에게서 겐토를 떨어뜨렸다. 반쯤 뜨인 눈꺼풀을 억지로 들어올리고 뺨을 가볍게 때리고 심장에 귀를 대보고 맥도 짚었다.

"음, 뭐 괜찮겠어. 빈혈 같아."

"그런가요?"

남자의 목소리에 엄마가 고개를 들었다.

"그런데 댁은 뉘신지?"

"아, 저는 겐토, 마쓰시타 씨의 친구인데."

"에엥? 친구? 이 녀석의?"

엄마의 목소리가 너무 커서, 아무리 이런 상태라도 겐토에게 들리지 않을까 걱정했다.

"네, 네. 학창 시절에."

"학창 시절이라면 중학교나 고등학교 때?"

"아아, 네."

"그런데 지금 여기에서 만나고서 겐토가 갑자기 쓰러져 버렸어."

내가 보충 설명을 했다.

"흐음. 뭐, 어쨌든 오늘은 이 녀석이 이러니까 형씨는 날을 다시 잡으시도록."

엄마가 그렇게 말하며 겐토를 가볍게 안아 들었다. 이른바 공주님 안기. 수염이 덥수룩하게 난 공주님이지만. 그나저나 아무리 말랐다곤 해도 일단은 남자니까 제법 무거울 텐데 엄마는 마치 어린아이를 안는 것처럼 거뜬히 들고서는, 남자에게 "일단 우리 집으로 옮길게. 그렇게 됐으니까 다음에 또"라는 말을 남기고 성큼성큼 그 자리를 떠났다. 나도 남자에게 꾸벅 인사하고 쫓아갔다.

열쇠로 문을 열어 겐토를 안은 엄마를 안으로 들여보낸 뒤 다시 열쇠를 잠그려고 했더니, 여전히 걱정스럽게 이쪽을 바라보는 남자가 보였다. 다시 고개를 꾸벅 숙이고 문을 닫았다.

"요 꺼낼까?"

"아니, 됐어. 방석이면 돼. 다다미 위에 눕히고 뭐든 대충 덮어줘."

상태 안 좋은 사람을 너무 막 다룬다 싶지만, 우리 집에는 마른오징어 요만 있으니 어차피 다다미와 별반 다르지 않다. 머리 밑에 방석을 깔고 눕혔다.

"오늘 아줌마는 신용금고 초대로 가부키를 보러 간다고 했으니까 아직 안 오셨을 거야. 저녁도 먹고 오신다고 했거든. 이층 방에 데려다줘도 괜찮지만 거기서 죽으면 곤란하니까."

"괜찮을 거라고 했잖아?"

"뭐, 몸은. 그래도 이 녀석이니까 우리 집에 들인 거야. 다른 때 같으면 여자들만 사는 집에 절대 남자를 들이면 안 된다. 특히 혼자 있을 때는."

"겐토는 아는 사람이니까 괜찮지 않아?"

"아는 사람일수록 방심하면 안 돼. 아는 사람이 저지르는 범행이 더 많거든. 음, 어쨌든 이 녀석은 괜찮아."

"아줌마의 아들이니까?"

"아니, 그런 건 아니고."

겐토가 '으음' 하고 뒤척여서 우리는 입을 다물었다. 겐토가 깨지 않도록 엄마가 조용히 저녁 준비를 시작해서 나도 교복을 갈아입고 왔다.

스태미나 만두가 다 구워질 때쯤 겐토가 눈을 떴다. 덮어준 이불을 끌어 올리고 눈동자를 바쁘게 움직였다.

"일어났어? 상태는 어때? 밥을 안 먹고 다니니까 어지러운 거야."

"아니, 그건 아닌데요."

겐토가 우물쭈물 대답했으나 엄마에게는 안 들렸는지, 엄마는 "때맞춰 잘 일어났어, 밥 먹자, 밥" 하고 겐토의 이불을 확 젖혔다.

"아니, 저는 지금, 식욕이 별로 없어서……."

그 말도 안 들리는지 엄마는 겐토의 밥을 펐다. 겐토는 천천히 몸을 일으켜 무릎으로 엉금엉금 다다미 위를 이동해 밥상에 도착했다.

스태미나 만두와 감자 된장국과 오이절임과 양배추 샐러드.

"잘 먹겠습니다."

엄마는 늘 그러듯이 고봉밥을 신나게 먹기 시작했으나 겐토는 좀처럼 밥에 손을 대지 않았다. 젓가락을 들 생각도 없나 보다. 탁자 위의 반찬을 물끄러미 쳐다볼 뿐이었다.

"사양하지 말고."

엄마가 겐토의 젓가락을 들어 간장 찍은 만두를 겐토의 밥 위에 휙 얹었다. 이어서 오이절임도.

"자, 만두 도시락."

"도시락이라니."

"예전에 하나가 어렸을 때, 밥을 잘 안 먹으려고 들면 이렇게 밥 위에 반찬을 올리고 '자, 도시락'이라고 말했어. 그러면 냠냠 잘 먹더라."

"그랬나? 나는 그런 기억 없는데."

듣고 있던 겐토의 얼굴에 살짝 미소가 번졌다.

"잘 먹겠습니다."

가볍게 손을 모아 인사하고 먹기 시작했다.

"맛있어요."

"그렇지? 이거 상점가의 가스가 정육점에서 파는 수제 만두야. 마늘도 듬뿍 들어간 스태미나 만두. 진짜 스태미나가 붙는다니까? 기운이 날 거야."

그러고 보니 냉동고에는 가스가 정육점에서 산 다른 만두,

야채 만두나 물만두도 있을 텐데 스태미나 만두를 고른 것은 겐토의 몸을 염려했기 때문일까?

겐토는 밥을 한 그릇 더 먹고 된장국과 절임과 샐러드까지 전부 깔끔하게 먹어치웠다. 정신없이 먹는 겐토를 보며 나는 오늘 찾아온 남자를 생각했다.

동급생이라고 하는데 사과하러 왔다고 말했다. 그렇다면 생각할 수 있는 것은 딱 한 가지다. 그 남자는 겐토를 괴롭혔다. 그렇게 생각하면 전부 이해가 된다. 겐토는 그 남자에게 심각한 괴롭힘을 당한 게 분명하다. 그래서 학교에 안 가게 됐고 결국 퇴학하기에 이르렀다.

그로부터 몇 년의 세월이 흘러 성인이 된 후, 반성했거나 혹은 양심의 가책 때문에 오늘 새삼스럽게 사과하러 왔다. 그 남자는 겐토의 십 대를 짓밟았고 지금 같은 삶을 살게 했다. 그래서 그 남자를 본 겐토는 과거의 처절했던 괴롭힘을 떠올리고 상태가 안 좋아졌다. 어지간히 감당하기 벅찬 트라우마였나 보다.

그 남자, 다정하게 생겨서 그런 짓을 할 사람처럼 보이진 않았는데.

"악마는 악마의 모습을 하고 나타나지 않습니다. 보자마자 악마인 줄 알면 모두 도망갈 테니까요. 악마는 천사의 미소를 짓고 다가오는 법이에요."

초등학생 때 담임이었던 기도 선생님이 말했다. 기도 선생님은 5, 6학년 때 담임 선생님이었는데, 졸업한 지금도 선생님의 말이 가끔 생각난다. 선생님은 오컬트를 좋아해서 심심하면 사탄이나 오멘 같은 이야기를 꺼내 아이들을 괜히 겁에 질리게 하는 바람에 학부모들이 문제 삼곤 했다. 그때도 '또야?'라고 생각하고 말았는데, 선생님이 하려던 말의 진의를 지금 깨달았다. 그 남자는 천사의 가죽을 뒤집어쓴 악마다.

사과하러 왔다니 뭘 인제 와서? 지금 사과해도 겐토의 청춘은 돌아오지 않는다. 무턱대고 화가 났고, 동시에 겐토가 너무 불쌍했다.

"겐토, 더 먹어. 만두 부족하면 더 구울게."

"아니야, 많이 먹었어. 배불러."

"아, 그렇지. 냉동실에 아이스크림 있어."

몇 가지 중에서 가장 비싸고 맛이 진한 바닐라 아이스크림을 가지고 왔다.

"어라, 하나가 소중히 아끼던 거잖아? 무슨 일이 있을 때 먹는다고 하지 않았어?"

무슨 일이 있을 때. 지금이 바로 그때다. 꼭 좋은 일이 있을 때만은 아니다. 나는 겐토가 기운을 되찾길 바랐다. 맛있는 음식은 사람을 행복하게 해준다. 지금만이라도 좋으니까 나는 겐토가 행복해지길 바랐다.

"이거 진짜 맛있다."

그렇게 말하는 겐토를 보며 다행이라고 생각했다.

현관까지 배웅하면서 엄마가 말했다.

"또 배가 고파서 기분이 안 좋아지면 언제든 와. 기분이 안 좋아질 정도로 공복이 아니어도 괜찮으니까. 배가 조금 고플 때라도 얼마든지 오렴. 우리 집에는 항상 뭐든 먹을 게 있거든."

"네."

겐토는 순순히 고개를 끄덕였다.

다음 날, 학교에 다녀왔더니 그 남자가 또 집 앞에 서 있었다. 뭐 하러 또 왔담? 겐토의 오래된 상처를 더는 건드리지 마시죠?

"저기, 또 무슨 일이세요?"

잔뜩 화가 난 목소리로 물었다. 이러면 알아들을까?

"아, 어제는 고마웠어요. 그 후에 겐토, 마쓰시타 씨는 어땠나요?"

진심으로 걱정했다는 표정을 짓는다. 타고난 연기자다. 이 남자는 역시 나쁜 사람이다.

"네, 아무래도 예전 일을 떠올리는 바람에 상태가 안 좋아진 것 같아요."

"예전 일을?"

"예전에 당한 일이요, 아저씨한테."

남자는 입에 손을 대고 몹시 당황한 표정을 지었다.

"그런……가요. 그렇군요, 역시."

그가 입술을 꽉 깨물었다. 그래, 반성하시지.

"그렇다면 저기, 이걸 전해줄 수 있을까요?"

남자가 한 손에 들고 있던 것을 내밀었다. 꽃집 포장지에 싸인 하얀 장미 두 송이.

"앗, 이건."

"예전에 겐토 씨에게 받았습니다. 하얀 장미 두 송이를."

어? 뭔가 이상한데. 겐토가 이 남자한테 장미를 줬다고? 보통 자기를 괴롭힌 사람한테 그런 걸 주나? 어? 어라? 뭐가 어떻게 된 거야?

"호, 혹시 꽃말도 아세요? 하얀 장미 두 송이의."

"물론이죠. 하얀 장미는 깊은 존경과 나는 당신과 어울립니다, 하얀 장미 두 송이는 이 세상에 우리 둘뿐이죠."

"앗."

"그럼, 잘 부탁합니다."

내가 허둥거리고 있는데 그가 장미 꽃다발을 밀어붙이듯이 건넸다.

"그리고 깊이 존경하는 마음은 지금도 달라지지 않았다고 전해주세요."

응? 존경? 겐토를? 말도 안 돼.

"실례하겠습니다."

"아, 잠깐만요, 잠깐만 기다려주세요."

꾸벅 고개를 숙이고 가려는 남자를 허둥지둥 붙잡았다.

그 후로 공원으로 자리를 옮겨 벤치에 앉아 대화를 나눴다. 남자는 야스타케라고 이름을 밝혔다. 야스타케 씨는 겐토의 중학교 시절 친구라고 했다.

둘이 다닌 학교는 입학하기 어렵기로 유명한 사립 남학교였다. 그러나 겐토는 도중에 학교에 가지 않았고, 같은 재단의 고등학교로 진학할 무렵에는 완전히 등교 거부를 하게 되어 결국 퇴학했다고 들었다.

야스타케 씨는 겐토가 등교 거부를 하게 된 경위를 내가 다 안다고 생각했나 보다. 아니란 걸 알자 조금 당황했지만, "하지만 이미 일에 끌어들인 셈이니 말하는 게 낫겠죠"라며 숨을 길게 내쉬고는 이야기를 들려주었다.

*

겐토와 나는 중학생 때 만났다. 중1 때 같은 반이었는데, 처음에는 자리가 가까워서 자연스럽게 대화를 나눴을 뿐이었지만 얼마 지나지 않아 마음이 잘 맞는다는 걸 알았다. 독서나 낚시 등 취미도 같았고 좋아하는 음악 장르도 같았으며 보고 싶은 영화도 같았다. 다른 점도 있었는데, 이를테면 나는 책을 읽어도 번역서는 안 좋아했지만 겐토가 추천한 소설을 읽어보니 생각보다 잘 읽혀서 그 후로 다른 작가의 책도 읽기 시작했고, 나중에는 원서로 독파하기에 이르렀다.

반대로 겐토는 역사에 그다지 흥미가 없었는데, 역사를 좋아하는 내가 야마타이국 논쟁*에 대해 알려주자 크게 흥미를 느껴 문헌을 뒤지기 시작하더니, 나중에는 나보다 더 많이 알게 됐다. 각자 속으로 생각한 것을 상대방이 적확하게 말로 표현할 수 있었고 그것이 약간의 차이도 없이 완벽하게 맞아떨어지는 일도 셀 수 없이 많아서, 어쩌면 우리는 전생에 쌍둥이였을지도 모른다고 생각했을 정도다.

공부도 같이 했고 서로 집에도 놀러 갔다. 휴일에 낚시를 하러 가기도 했고, 긴 방학 때는 1박 여행도 다녀왔다.

심지어 그 시절에도 흔치 않았던 교환 일기까지 썼다. 둘 다 휴대폰이 있었으니 문자도 주고받았으면서, 옛날식 교환 일기를 쓴 것이다. 겐토가 먼저 노트에 직접 쓰고 싶다고 고

---

* 야마타이국은 2~3세기 무렵 일본에 있었다고 전해지는 나라로, 19세기 후반부터 다양한 학설들이 제기되어 계속 논쟁 중이다.

집했다.

"요즘 같은 시대니까 오히려 하는 거야. 손으로 쓴 문자는 나만의 속도감을 지니고 더 깊이 새겨지거든. 종이에도 마음에도. 읽을 사람을 생각해서 한 글자씩 적으면 인연이 생겨. 더 깊어져."

그렇게 말하면서.

확실히 자기 심정을 적고 공유하는 행위에는 각별한 의미가 있었다. 수업에 대해서, 반 친구에 대해서, 장래에 대해서, 읽은 책, 영화, 등굣길에 본 수국의 아름다움, 바람의 청량함, 계절의 변화, 상대를 생각하는 마음에 대해서.

일기를 쓰는 행위 자체에 취하기도 했다. 대체로 밤에 글을 쓰다 보니 가끔은 지나치게 감상에 빠졌다. 마음이 깊어졌다. 그곳에는 두 사람만의 세계가 있었다. 지금 살아가는 현실과는 다른 세계. 더러움 가득한 세속과 다르게, 우리만이 아는 아름답고 청아한 세계.

사춘기 특유의 과잉된 감상이었을지도 모른다. 이따금 연애 뉘앙스를 풍기는 표현도 있었다. 그것이 두 사람의 관계를 한층 더 농후하고 친밀하게 해주었다.

중1 때 시작한 교환일기는 2학년 때 다른 반이 되었다가 3학년 때 다시 같은 반이 되는 동안에도 계속 이어졌다. 몇 권쯤 됐을 때일까. 일기는 한 권을 다 쓰면 교대로 보관했다. 아주 평범한 대학 노트. 표지에도 아무것도 적혀 있지 않았다. 겐토는 너무 일기장 티가 나는 것은 쓰기 싫어했다. 주변 시선을 신경 쓴 것은 아닌데, 아주 평범하고 흔한 노트에 매일 비밀을 적는 행위에 더 매력을 느꼈는지도 모른다.

부모님이 왜 하필이면 그 흔한 노트를 들고 살펴보려 했는지 모르겠다. 어쩌다 보니 우연히 눈에 들어왔을까. 아니면 사춘기 아들의 동향을 살피려고 책상을 뒤졌을까. 어쨌든 부모님은 그 일기장을 발견하고 과거의 일기까지 전부 읽었다. 일기를 다 읽은 부모님은 새파랗게 질린 채 몸을 떨었다. 일기장에는 때때로 이성을 대하는 친애의 정과 비슷한 표현이 적혀 있었기 때문이다. 우리는 그저 서로를 존경하고 배려했을 뿐인데.

부모님도 우리가 각별한 친구 사이인 줄은 당연히 알고 있었다. 서로 집에 놀러 가거나 여행을 가는 것도 허락했으니까. 겐토는 성적도 우수했으니 좋은 친구를 사귀었다고 기뻐했을 정도다.

그러나 부모님은 일기 내용에서 그 이상의 무언가를 감지했다. 게다가 상황은 더 최악으로 치달아, 부모님이 일기장을 학교에 가지고 가서 교사에게 모조리 보여주었다. 둘을 다른 반으로 떨어뜨려달라고 요구했다. 학교 측은 학기중이므로 그럴 순 없다고 했는데, 그렇다면 겐토를 전학시키거나 그럴 수 없으면 우리 애를 전학시키겠다며 더 말도 안 되는 요구를 밀어붙였다. 이대로 뒀다가는 우리 아들이 망가진다고 난동을 부렸다.

당연히 나도 집에서 흠씬 혼났다. 겐토가 나를 꼬드겼다는 소리도 들었다. 나쁜 쪽은 어디까지나 겐토이고, 지금은 남학교라는 일종의 폐쇄된 공간에 있으니 감화되기 쉬운 우리 나이 특유의 성질 때문에 이끌린 것이라고. 나는 악마의 눈에 띄어버린 피해자라고.

우리는 그런 관계가 아니라고, 아무리 말해도 전혀 들어주지 않았다. 병원에도 끌려갔다.

부모님은 겐토 집에도 쳐들어가서 일기를 보여주고 겐토만 나쁘다고 매도했다. 겐토가 이상한 인간이라며 힐난했다. 그 후에 겐토 집에서 어떤 소동이 벌어졌을지 쉽게 그려진다.

학교에서는, 어떻게 된 일인지 겐토가 일방적으로 나를 사랑해서 역겨운 내용의 편지를 숱하게 보내 나와 가족이 굉장히 곤란해한다고 소문이 났다. 우리가 입학했을 때부터 절친한 사이인 줄은 반 친구들도 다 알았는데, 겐토가 나에게 우정 이상의 감정을 품고 상식을 벗어난 행동을 한 탓에 나와 부모님이 매우 당혹스러워한다는 구도가 됐다. 어쩌면 부모님이 멋대로 퍼뜨린 소문이었을 수도 있다.

나와 겐토의 자리는 끝에서 끝으로 떨어졌고, 주변에서도 기이한 것을 보는 듯이 굴거나 건드리면 터질 종기 대하듯이 해서 분위기가 이상해졌다. 겐토는 학교에 와도 나와 눈도 마주치지 않았고 얼굴도 보여주지 않았다. 일부러 그러는 줄 알면서도 괴로웠다. 가까이 가고 싶었지만 반 분위기 때문에 그럴 수 없었다.

아니야, 전부 오해야. 그런 게 아니야. 모두 앞에서 말하고 싶었다. 하지만 그랬다가는 괜히 일이 더 커지고 구경꾼들의 천박한 억측으로 사태가 악화할 것 같았다. 어차피 소문일 뿐이니 지금은 잠자코 있는 편이 낫다고 판단했다. 한편으로 이건 다 변명일 뿐이라고도 생각했다. 나는 나약하고 비겁했다.

겐토가 내게 일방적으로 마음을 품었다고 소문이 났으니 반 친구들은 내게 동정적이었다. "큰일을 다 겪었네" 하는 말을 건네는 녀석도 있었는데, 겐토를 대하는 주변 분위기는 확실히 지금까지와는 달라졌다. 모두 이물질을 보는 눈으로 멀찌감치 떨어졌다. 아무도 말을 걸지 않았다.

내가 몇 번인가 말을 걸려고 했으나 겐토 쪽에서 나를 피했다. 당황했지만 나를 배려해서 그런다고 짐작했다. 휴대폰도 부모님에게 빼앗겼고, 등하교도 엄마 차로 하게 되어 겐토와 접촉할 기회를 잃었다.

얼마 지나지 않아 겐토가 종종 학교를 빠지기 시작했다. 소문 때문에 공공연한 괴롭힘이나 놀림을 받진 않았다고 알고 있는데, 어쩌면 뒤에서 어떤 폭력이 있었을지도 모르겠다. 그런 일이 없었더라도 섬세한 겐토가 지금까지와 달라진 상황을 견디지 못했을 수도 있다.

그러던 중에 겐토가 입원했다는 소문이 났는데, 무슨 성신과라느니 어떤 시설이라는 내용이었으나 어디에 입원했는지 물어도 아무도 몰랐다. 한번은 엄마 눈을 피해 겐토 집까지 찾아갔는데, 초인종을 눌러도 대답이 없고 인기척도 없어서 그냥 돌아왔다.

그때가 중학교 3학년 말이었고, 연계형 중고등학교였으니 우리 둘 다 따로 입시 없이 고등학교에 진학했다. 겐토는 결석이 많았으나 그때까지 성적이 우수해서 특별히 진학을 인정받은 것 같았다. 그러나 결국 고등학교에 하루도 나오지 않았고 그대로 자퇴했다.

어느 날, 학교에 다녀왔는데 현관문에 종이봉투가 걸려 있었다. 안에는 하얀 장미 두 송이가 들어 있었다. 엽서고 뭐고 없었으나 겐토인 걸 직감했다. 하얀 장미의 꽃말을 바로 조사했다. 깊은 존경, 나는 당신과 어울립니다. 두 송이라면, 이 세상에 우리 둘뿐. 하얀 장미를 보며 나는 울었다.

그 후, 나는 고등학교를 졸업하고 1지망이었던 대학에 진학해 대기업에 취직했다.

*

 단숨에 이야기를 마친 야스타케 씨는 손으로 얼굴을 덮었다. 상상하지도 못했던 고백이어서 나는 한동안 말을 잃었다.
 "그때부터 지금까지 겐토랑 한 번도 안 만났어요?"
 간신히 입을 열어 그렇게 묻자 야스타케 씨의 어깨가 움찔 들썩였다.
 "냉정하다고 생각하죠? 하지만 그때는 안 만나는 편이 낫다고 생각했어요. 아니지, 만나기 무서웠다고 하는 게 옳겠군요. 그래요, 무서웠어요. 부모님이 일기장을 발견하고 캐물었을 때는 절대 아니라고 부정했지만, 내가 겐토에게 끌린 건 사실이었어요. 그게 어떤 종류의 감정인지는 나도 잘 몰랐지만요. 몰라서 두려웠죠. 내 마음이 그쪽으로 흘러갈까 봐 두려웠어요. 흘러넘칠 듯한 감정과 그걸 억누르려는 감정이 마음속에서, 아니 온몸에서 소용돌이쳐서 미쳐버릴 것 같았어요. 그래서 혹시 만났다가는 내가 어떻게 될지 몰랐죠. 그게 무서웠어요. 부모님이나 선생님 말처럼 일시적인 열병이라면 언젠가 정신 차리고 나아질 테니까 그때를 기다려야겠다고 생각했어요. 그렇게 변명했어요. 하지만 겐토를 잊은 적은 없어요. 이건 정말입니다."
 "그러면 왜 갑자기 겐토를 만나러 온 거예요?"

"실은 해외 부임이 정해져서 당분간 일본을 떠나야 해서……."

"아아, 그래서구나."

오랫동안 가슴에 박힌 가시를 시원하게 빼고 싶었다는 소리다. 그렇게 생각했으나 굳이 말하진 않았다.

"그 전에 결혼도 합니다."

"어, 아, 아, 그래요?"

결혼하고 부부가 같이 외국으로 나간다고 했다.

"그건…… 여자랑 하나요?"

나도 모르게 물어봤으나, 불필요한 질문이었다고 곧바로 후회했다. 그래도 야스타케 씨는 표정을 누그러뜨리며 차분하게 대답했다.

"그래요. 하지만 겐토처럼 진심으로 존경하고 깊은 사랑을 느낀 상대는 없습니다. 남자도 여자도."

그 후, 우리는 집으로 돌아와 겐토 방의 초인종을 눌렀으나 대답이 없었다. 잠깐 기다렸으나 야스타케 씨는 약혼자와 만나기로 약속했다면서 내게 하얀 장미를 맡기고 돌아갔다.

결국, 겐토의 방에 불이 켜진 것은 오후 여덟시가 지나서였다. 장미를 들고 초인종을 눌렀다. 겐토가 금방 나왔다. 순간적으로 장미를 뒤에 감췄다.

"어, 저기, 집에 왔네. 어디 다녀왔어?"

겐토가 고개를 갸웃거렸다.

"응. 역 앞에 라면을 먹으러 갔었는데, 왜?"

"아니, 아까도 왔었는데 없어서. 이거 맡아달라고 한 건데."

장미를 내밀었다.

"어……."

겐토가 짧게 반응하고 그대로 굳어졌다.

"야, 야스타케 씨가 문병을 와서."

"그래……."

겐토가 장미를 받고 물끄러미 쳐다보았다.

"그리고,"

이것만큼은 말해야 한다고 생각하며 마음을 가다듬었다.

"해외 부임하게 됐대."

"그래……."

"당분간은 일본에 돌아오지 않을 거래."

"그래……."

"그리고 결혼도 한대."

겐토가 숨을 들이마셨다. 침묵이 이어졌다. 겐토의 얼굴을 제대로 볼 수 없어서 나도 모르게 고개를 숙여 내 신발 앞코를 바라보았다.

"그래……. 잘됐다. 행복해서 잘됐어. 행복하다면 잘됐어."

오기를 부리는 목소리가 아니었다. 고개를 들자, 입가에 미소를 지었으나 눈동자가 살짝 일렁이는 겐토가 보였다.

울지 마, 겐토.

"이, 있잖아. 나중에 또 우리 집에 밥 먹으러 와. 그렇다고 대단한 건 없지만. 이건 겸손이 아니라 그냥 사실이야."

겐토는 대답하는 대신에 얼굴을 잔뜩 찡그리며 몇 번이나 고개를 끄덕였다.

"그때의 괴로운 경험과 과거가 있었던 덕분에 지금 내가 있다고 당당하게 가슴 펴고 말할 수 있는 사람은 현재 행복한 사람입니다. 그렇지 않은 사람은 과거에 그런 일이 있었기 때문에 지금 내가 이렇게 됐다고, 그 일만 없었어도 이러지 않았을 거라고 원망합니다."

언젠가 기도 선생님이 했던 말이 생각났다. 겐토는 어느 쪽일까? 역시 원망할까. 야스타케 씨와 만나지 않았다면 지금과 다른 겐토가 됐을까?

"이미 오래전에 덮었다고 여긴 과거가 갑자기 눈앞에 나타나 자신에게 복수할 때도 있습니다."

그런 말도 했다. 오늘 밤은 유난히 기도 선생님의 말이 생각난다.

갑자기 눈앞에 나타난 과거. 야스타케 씨는 겐토에게 틀림없이 그런 과거겠지. 하지만 복수하러 오진 않았다. 겐토가 마지막에 보여준 미소가 그 증거다. 야스타케 씨의 방문은 겐토에게 복음이었다고 생각하고 싶다. 복음이라는 말은 늦봄쯤 미카미에게서 받은 엽서에 적혀 있었는데, 사전을 찾아보니 '기쁨을 전해주는 알림'이었다.

"다나카에게 복음이 있기를."

성모 마리아가 그려진 오래된 종교화 같은 이탈리아 엽서에 그렇게 적혀 있었다. 미카미도 잘 지내는 것 같다. 나는 기독교 신자는 아니지만 기도를 올리고 싶었다.

다음 날, 학교에 다녀왔는데 우리 연립주택 앞에서 엉덩이를 바닥에 대고 앉아 담배를 피우는 할머니가 있었다. 담배 피우는 할머니는 처음 봐서 조금 놀랐다. 몸뻬 같은 까만 바지에 자주색 긴소매 블라우스를 입었는데, 옷 위로도 비쩍 말라 뼈가 불거진 체형이 느껴졌다. 옆을 지나면서 힐끔 봤는데, 뼈 위에 가죽 한 장이 올라간 듯한 얼굴에 두 눈이 움푹 꺼져서 해골이 담배를 피우는 것처럼 보였다. 고개를 숙이고 그 앞을 지나 집에 들어가려는데 뒤에서 목소리가 들렸다.

"네가 하나미냐?"

심장이 쿵, 떨어졌다.

"하나미 맞지?"

뒤를 돌아보았다.

"네, 그런데요."

해골 할머니가 헤헷 웃고 입술을 오므려 담배를 빨아들이자, 입가에 힘껏 짠 걸레처럼 주름이 잔뜩 잡혔다.

"역시 하나도 안 닮았네. 뭐, 당연한가."

"네?"

엄마랑 아는 사이인가?

"안에 있냐?"

엄지를 세워 문을 가리켰다.

"어, 엄마 말씀이세요?"

"엄마, 그래, 엄마라. 헤헤헷."

뭐가 그렇게 재미있는지 해골 할머니가 비웃는 것처럼 히죽거려서 점점 더 기분이 나빠졌다.

"지금은 아직 안 오셨는데요."

경계심을 드러내며 대답했으나 할머니는 전혀 아무렇지 않아 보였다.

"그럼, 됐다. 또 오지."

할머니는 그렇게 말하더니 손가락에 끼워둔 불붙은 담배를 그대로 휙 던졌다.

"앗, 잠깐만요."

허둥지둥 발로 밟았다. 우리 집은 목조 모르타르로 지은 건물이어서 담뱃불이 옮겨붙으면 순식간에 타버린다. 요즘 세상에 담배를 함부로 버리는 어른이 있다는 것도 놀랄 일이었다. 불을 끈 꽁초를 주워 고개를 들었을 때, 할머니는 이미 없었다.

오후 여섯시 반을 넘어, 일을 마치고 저녁장을 본 엄마가 돌아왔다. 평소처럼 분주하게 식사를 준비하는 엄마의 등에 대고 말을 걸었다.

"오늘 있잖아, 학교에 다녀왔더니 집 앞에 또 이상한 사람이 있었어."

"지난번에 그 겐토 옛날 친구 말고?"

"응, 여자. 비쩍 마른 할머니."

엄마의 등이 우뚝 움직임을 멈췄다. 천천히 돌아보았다.

"할머니? 어, 어떤 할머니였어?"

"어어, 담배를 피웠어."

해골 같았다는 말은 하지 않았다.

"그리고 너무하더라, 그 사람. 담배를 그냥 버렸어. 불이 붙은 담배였는데. 요즘 세상에 그게 말이 돼? 또 내 이름을 알더라? 그래서 엄마랑 아는 사이인 줄 알았는데."

엄마는 웃으려고 한 것 같았는데, 입술이 괴상하게 일그러지고 눈 아래 근육이 떨렸다. 안색도 눈에 띄게 안 좋아졌다.

"그 사람이 뭐라고 했니?"

"또 오겠대."

"그러니."

"엄마 아는 사람?"

"응, 글쎄."

그걸 끝으로 말이 더 이어지지 않았다.

"엄마?"

"응? 아, 미안. 밥 먹을까?"

엄마는 웃어 보이며 요리를 계속했지만 그날 저녁, 드물게도 식욕이 없었다. 웬만해선 없는 일이다. 절임 반찬만 조금 깨작이다가 젓가락을 내려놓았다. 좋아하는 고기 경단에도 손대지 않았다.

"왜 그래? 어디 아파?"

"아니, 위가 조금. 왜 이러지? 도시락이 상했나? 점점 더워지니까 조심해야겠다."

위장 부근에 손을 대고 힘없이 웃었다.

"괜찮아, 걱정하지 마. 이따가 약 먹고 자면 금방 나을 거야."

우리 집에 위장약이 있었나? 둘 다 위 하나는 튼튼해서 위장약이 필요했던 적이 없다. 언젠가 마리에네 집은 가족 모두 위가 약해서 위장약을 상비한다는 소리를 듣고 내가 "우리 집에는 위장약이 없어"라고 말하자 깜짝 놀랐었지. 마리에는 사립 여자 중학교에 갔는데 잘 지내고 있을까. 마리에는 학교에도 위장약을 가지고 다녔으니까 같은 중학교였다면 부탁해서 받을 수 있었으려나. 나는 이렇게 요즘도 마리에를 종종 떠올리는데, 마리에도 나를 떠올려줄지 생각하면 가끔은 쓸쓸해진다.

그날 밤, 이상한 소리에 자다 깼다. 괴롭게 게워내는 소리다. 옆에서 자고 있을 엄마가 안 보인다 싶었는데, 화장실에서 변기를 안고 쪼그리고 있었다.

"어, 엄마, 왜 그래? 괜찮아?"

허둥지둥 곁으로 가 등을 쓸었다.

"아아, 괜찮아. 괜찮을 거야."

대답하며 나를 올려다보는 얼굴은 울어서 뺨이 흠뻑 젖었고 눈에도 눈물이 그렁그렁 고여 있었다.

"역시 도시락이 상했나 봐. 헤헤."

힘없이 웃어 보이는데 안색이 안 좋다.

"내일 내가 약 사올게."

마리에에게 약을 받고 싶다는 구두쇠 같은 생각을 하니까 벌을 받은 것이다.

"에이, 됐어 됐어. 이젠 괜찮아. 그리고 약으로 낫는 게 아니라구."

"어? 왜?"

"아니야, 정말 괜찮아. 깨워서 미안하다. 얼른 자자. 얼른 안 자면 내일 못 일어나겠어."

엄마가 하도 재촉해서 다시 누웠다. 엄마도 세수하고 옆에 누웠다.

다음 날 아침에 일어나보니 평소처럼 아침밥이 차려졌고 엄마도 "잘 잤니?" 하고 평소와 똑같이 인사를 건넸다.

"졸리진 않고? 어제 어중간한 시간에 깼으니까. 미안해라."

"아니야, 괜찮아. 엄마야말로 괜찮아?"

"아, 응. 이제 괜찮아. 자, 밥 먹자. 위장이 텅 비어서 배고파 죽겠어. 잘 먹겠습니다."

말은 그렇게 했으나 젓가락을 든 손은 금방 멈췄다.

"어제 온 사람 말인데."

"아, 그 할머니?"

"응, 아마 예전에 알고 지내던 사람일 거야. 벌써 십 년 넘게 안 만났지만. 혹시라도 그 사람이 또 오면 뭐라고 말을 걸더라도 상대 안 해도 돼."

"어? 왜? 엄마가 싫어하는 사람이야?"

"싫은 건 아닌데 무서운 사람이라서 그래. 정말 무서운 사람. 엄마는 무서워하는 게 없지만 그 사람만큼은 무서워. 지금도 그렇고 옛날에도 그랬어. 그러니까 하나도 그 사람이랑 엮이면 안 돼."

겁에 질린 눈이었다. 엄마의 그런 눈은 처음 봤다.

"응, 알았어."

내가 대답하자 엄마의 표정이 조금은 누그러졌다.

어제 그 할머니는 누구였을까. 하지만 엄마가 이렇게까지 싫어한다면, 겐토 때와 달리 이번에는 옛날에 엄마를 괴롭힌 사람이 분명하다. 비쩍 마르고 푹 꺼진 눈에 서린 교활한 눈빛을 떠올리니 소름이 끼쳤다. 나쁜 짓을 하고도 남을 사람 같다.

오래전에 덮었다고 여긴 과거가 갑자기 눈앞에 나타나 복수할 때가 있다.

내가 그렇게 되게 둘 것 같아? 엄마의 적은 내 적이다. 또 온다고 했는데, 다음에 오면 쫓아내겠다. 야스타케 씨와 달리 그 할머니는 과거에서 온 복음이 아니라 틀림없는 재앙이다. 질 줄 알고? 흥분한 탓에 온몸이 부르르 떨렸다.

배가 고프면 싸우지 못한다.

이것도 기도 선생님이 했던 말이었나? 일단은 낫또 올린 밥을 해치웠다.

학교를 마치고 집에 돌아오면서 나는 '올 테면 와봐라'라는 마음가짐으로 한 발 한 발 힘주어 걸었다. 그래서 어제와 마찬가지로 그 해골 할머니를 집 앞에서 봤을 때는 내가 생각해도 놀랄 만큼 냉정했다. 해골 할머니는 어제와 똑같은 옷을 입고 어제와 똑같이 바닥에 앉아 담배를 피우고 있었다.

애써 무시하고 집에 들어갈 생각으로 문 앞에 서서 가방 안의 열쇠를 꺼내는데, 뒤에서 "어이!" 하고 날카로운 목소리가 들렸다.

"잘 다녀왔니?"

이어서 고양이를 어르는 듯한 목소리로 돌변해서는 기분 나쁘게 만면에 미소를 지으며 나를 보았나.

질 줄 알고? 입을 다물고 노려보았다.

"맨날 이 시간에 오냐? 학교는 재미있고?"

할머니는 굴하지 않고 물었다.

"네."

묻는 말에 최소한으로 필요한 대답만 하겠다고 다짐했다.

"호오, 그거 잘됐구나. 그럼 공부도 좋아하고?"

"네."

대답하자, 할머니가 뭐가 그렇게 웃긴지 배를 부여잡고 웃었다.

"헹, 공부를 좋아한다고? 이거야 원, 점점 더 내 손주 같질 않네."

어, 지금 뭐라고? 손주라고 했어?

굳어버린 나를 보고, 할머니가 누런 이를 드러내며 히죽 웃었다.

"뭐야? 얘기 못 들었어, 걔한테? 흥, 아무래도 상관없어. 나는 다나카 다쓰요. 네 할머니다."

"거, 거, 거짓말. 그게, 할머니는 이미 오래전에 돌아가셨다고 들었는데…….."

"뭐야, 그런 소리를 했어? 진짜 무례하기 짝이 없네. 네 할미는 지금 이렇게 멀쩡하게 살아 있는데!"

할머니는 그 자리에서 펄쩍펄쩍 뛰었다. 머리가 혼란스러워 어지럽기까지 했다.

"뭐 하는 거야?"

슈퍼 봉지를 손에 든 엄마가 서 있었다. 얼굴이 대놓고 굳어졌다.

"뭐긴 뭐야, 일부러 받으러 와준 거야. 4월부터 전혀 안 들어왔으니까."

엄마가 당황하며 주위를 둘러보았다.

"일단 둘 다 안으로 들어가."

방문을 열었다.

내 할머니라면 엄마의 엄마라는 소리지? 오랜만의 재회일 텐데 서로 눈도 안 마주치고 대화도 안 나눈다.

커어억, 다쓰요 씨가 코를 울리고는(코를 푼 것도 아닌데 왜 저런 소리가 나나 싶을 정도로 요란한 소리였다), 손가락에 끼워뒀던 담배를 또 휙 버렸다.

나는 다급하게 밟아서 불을 끄고 꽁초를 주웠다. 이런 짓을 아무렇지 않게 하는 사람이 정말로 내 할머니일까?

다다미 깔린 세 평 너비의 방으로 들어온 다쓰요 씨는 서슴

없이 방을 둘러보며 "헤에", "흐응", "호오" 하고 히죽거렸다. 교복을 갈아입고 오자, 엄마는 사 온 음식들을 냉장고에 넣고 접이식 나무 탁자를 사이에 두고 다쓰요 씨 앞에 말없이 앉았다. 나도 방 한쪽에서 무릎을 끌어안고 앉았다. 엄마는 탁자 위에 깍지 낀 자기 손가락을 내려다보고 있었는데, 그 표정이 유난히 괴로워 보였다. 탁자 위에는 차도 없었다. 누가 오면 제일 먼저 차를 내던 엄마인데. 이것도 처음이지만, 사람을 대하면서 이렇게까지 노골적으로 혐오감을 드러내는 엄마도 처음 봤다. 그런 엄마를, 입술 끝을 심술궂게 일그러뜨리고 사람을 바보로 여기는 듯한 웃음을 지으며 바라보는 내 할머니라는 사람.

무서운 사람.

오늘 아침에 엄마가 한 말이 떠올랐다.

"그러니까 4월에는 여러모로 나갈 돈이 있었어."

먼저 입을 연 쪽은 엄마였다.

"그랬다면 한마디쯤 귀띔했어야지. 그리고 지금 몇 월인데? 곧 6월이잖아? 아직도 돈 나갈 데가 계속 있어?"

엄마가 또 입을 다물고 고개를 숙였다. 이 짧은 대화만으로도 대충 사정이 파악됐다. 엄마는 이 사람한테 돈을 보내고 있었다. 그런데 이번 4월 이후로 보내지 않았다. 4월에 돈을 보내지 못한 것은, 내 중학교 입학을 준비하느라 돈이 들었으니까. 그래서 이 사람이 곤란해졌다면 나한테도 책임이 있을지도 모르겠다.

"그래서 일부러 먼 걸음을 해서 이렇게 받으러 와준 거야."

선심을 베푼다는 듯이 말한다.

그래서였구나. 나는 납득했다. 엄마가 그 중노동을 하고 매일 허리띠를 조이며 사는 데 비해서 우리 집에 항상 돈이 없는 이유. 조금은 이상하다고 생각했다. 다쓰요 씨한테 돈을 보냈기 때문이다. 수수께끼가 풀려 속은 시원했다. 혹시 어마어마한 빚을 졌을지도 모른다고 걱정했던 적도 있으니 그보다는 낫다.

이런 걸 불행 중 다행이라고 하던가? 이 말을 가르쳐준 사람도 역시 기도 선생님이었다. 그때가 무슨 수업 시간이었더라? 선생님은 종종 앞뒤 맥락도 없이 뜬금없는 이야기를 꺼내곤 했다.

"불행 중 다행인 일이 실제로 있습니다. 얼마 전에 선생님은 슈퍼에 장을 보러 가서 자전거 바구니에 가방을 넣어두었어요. 장을 다 보고 돌아왔더니 가방이 없어졌는데 한마디로 도둑맞은 거지요. 그래도 지갑도 휴대폰도 집 열쇠도 전부 작은 파우치에 넣어 슈퍼에 가지고 들어간 덕분에 가방에는 중요한 게 없었어요. 오히려 필요 없는 것들뿐이었어요. 가방이나 배낭 같은 건 어느새 필요 없는 물건들로 꽉 차니까요. 일 년

전에 받은 영수증이나 이미 기간이 지난 쿠폰이나, 우편함에 들어 있던 광고 전단이나, 길에서 나눠주는 휴지나, 먹어도 되는지 의심스러운 껌이나, 봉지에 든 채 녹아서 굳은 사탕이나. 그 밖에도 모르는 사이에 자질구레한 쓰레기가 바닥에 잔뜩 쌓이지요. 그 양은 가방을 사용한 연수와 비례합니다.

  선생님은 그 가방을 대학 시절부터 쭉 썼는데 한 번도 빤 적이 없었습니다. 게다가 지퍼 상태도 별로였는데, 잘 보면 지퍼 톱니 한 부분이 어긋나서 닫을 때마다 걸리는 걸 어떻게든 달래면서 썼었어요. 슬슬 한계인가 싶어서 다음 쓰레기 버리는 날에 버릴 생각이었는데 마침 도둑맞은 겁니다. 가방에는 중요한 물건도 없었고 반쯤 쓰레기봉투 신세였으니 도둑맞은 물건이 가방이어서 다행이다, 아아, 불행 중 다행이라고 생각했답니다."

  선생님에게는 그랬겠지만 도둑에게는 느닷없는 재난이었겠지.

  "그런데 선생님은 곧바로 이렇게 생각했습니다. 여러분, 고양이는 죽을 날이 다가오면 모습을 감춘다는 이야기를 들은 적 있나요? 어쩌면 그 가방도 곧 버려질 신세를 감지하고 스스로 모습을 감췄을지도 모른다고 생각했습니다. 아니, 선생님 생각이 맞을 거예요. 생각해보면 그 가방은 선생님과 오랜 세월 동안 좋은 파트너였습니다. 혹한과 혹서의 계절을 몇 년이나 함께 견뎠으니까요. 물건에는 영혼이 깃든다는 말이 있어요. 더운 여름에는 선생님 등에 흐르는 땀을 흡수하고, 엄동설한에는 선생님과 함께 눈을 맞으며 시련을 견딘 사이인데, 영혼이 깃들 리 없다고 누가 함부로 말할 수 있겠습니까? 그러니 이별을 감지한 가방은 스스로 사라진 겁니다. 선생님 손에 버림받는 괴로움을 느끼지 않으려고요. 그 마음을 생각하니까 선생님은 가슴이 벅차올랐어요. '고맙구나, 가방아. 그리고 잘 가렴, 가방아.' 자연히 이런 인사가 나오더군요."

과연 좋은 이야기인지 아닌지, 가만히 듣던 우리는 많이 당황했다.

"그렇다면 가방은 어디로 갔을까요? 아마도 지금 우리가 있는 여기가 아닌 다른 세계로 갔을 거예요."

게다가 선생님이 이런 말로 마무리를 하는 바람에, 결국 늘 하던 오컬트적인 이야기가 되었다.

마리에는 "처음에는 가방을 한 번도 안 빨았다는 말에 토할 것 같았는데 마지막엔 썰렁해졌어"라며 얼굴을 찌푸렸다.

마리에도 이 이야기를 떠올리곤 할까?

어느새 의식이 과거로 날아갔는데, 다쓰요 씨가 커어억 하고 요란하게 코를 울리는 소리에 현실로 되돌아왔다.

"아무튼 됐어. 잠깐은 기다려주마. 준비할 때까지 여기 있을 거야."

"어? 여기에?"

엄마와 내 목소리가 겹쳤다.

"뭐 어때? 네 부모잖아. 그리고 너도 이체하는 수고를 더니까 이득 아니냐."

저러다 쓰러지지 않을까 걱정될 정도로 엄마의 안색이 나빠졌다.

"어, 엄마, 진짜야? 정말로 이 사람이 엄마의 엄마야?"

엄마는 입술을 지그시 깨문 채 말이 없었다.

"그러니까 아까부터 내가 그렇다고 말했잖아."

다쓰요 씨가 짜증스럽게 쏘아붙였다.

"당신은 부모가 아니야."

"뭣이 어째? 일본에선 낳아준 인간을 부모라고 하지 않더냐? 아니면 너는 강에서 주워온 복숭아에서 태어나기라도 했어?"

"그러는 편이 백 배 낫지."

다쓰요 씨가 순간 입을 꾹 다물었다.

"그보다 너, 내가 죽었다고 말했다며? 부모를 함부로 죽이면 쓰나."

억지로 대화 흐름을 바꾸려고 했다.

"그렇게 말할 수밖에 없는 상황을 만든 게 당신이잖아. 죽는 편이 낫다고 자식이 바랄 짓을 해왔으니까. 살아 있다고 생각하면 증오할 테니까 죽었다고 여기는 편이 구원이었어. 그게 유일한 구원이었다고. 당신은 나를 버린 순간 부모인 자신도 버린 거야."

"인제 와서 그런 옛날 일이나 들쑤셔서 늙은 부모를 괴롭히고, 잘하는 짓이다."

다쓰요 씨는 그렇게 대꾸하고 시무룩하게 등을 돌려 무릎을 안았다. 등에 뼈가 불거졌다.

엄마가 가볍게 한숨을 쉬었다.

"그만 밥 먹을까? 하나, 배고프지?"

이어서 내게 웃어 보였다.

"아아, 고파, 무지무지 고파."

다쓰요 씨가 돌아보곤 냉큼 말했다. 엄마는 아까보다 더 크게 한숨을 쉬었다.

결국 셋이서 식탁에 앉았다. 메뉴는 닭튀김과 채소절임과 감자 샐러드와 무 된장국.

다쓰요 씨는 사양이란 걸 모르는지, 모든 반찬에 젓가락을 대고 호쾌하게 먹었다. 반찬이 다쓰요 씨의 입으로 차례차례 사라졌다. 말랐는데 놀랄 만큼 잘 먹는 모습은 확실히 엄마와 비슷했다.

하지만 저녁을 기다리는 동안 다쓰요 씨는 말했었다.

"아직 멀었냐? 너는 여전히 손이 느리구나."

밉살스러운 소리나 해대며 도울 생각은 없는지 누워서 텔레비전이나 봤다. 그랬으면서 밥을 먹으면서는 또,

"이거 유명한 특상미는 아니구나? 보통 쌀이지? 밥에 윤기와 풍미가 부족해. 내가 이런 걸 잘 알지."

코까지 벌름거리며 거들먹거렸다.

엄마는 다쓰요 씨의 언행과 존재를 무시하는 것처럼 묵묵히 밥을 먹었다. 그러면서 한편으로, 다쓰요 씨를 거들떠보지 않고 말했다.

"내가 번 돈으로 내가 좋아하는 걸 좋아하는 만큼 남 눈치 안 보고 먹을 수 있는 지금은 행복해. 남의 집에서 밥을 얻어먹을 때는 그 집 사람의 마음에 들려고 안색을 살피고 시종일관 알랑거렸어. 오로지 먹고 싶다는 일념으로. 매일 그렇게 밥을 먹다 보면 내가 먹이를 달라고 주인에게 애교를 떠는 개가 된 것 같았는데, 차라리 개가 낫지. 자기를 비참하다고 여기진 않을 테니까. 남이 먹는 음식을 맛있겠다고 손가락이나 물고 쳐다보는 기분을 알아? 지금은 먹을 것을 앞에 두고도 눈칫밥을 안 먹어도 되고 안색을 안 살펴도 되니까 비참한 기분도 안 들어. 좋아하는 걸 좋아하는 만큼 먹을 수 있어. 그 시절과 비교하면 천국이야."

다쓰요 씨는 다쓰요 씨대로 아무것도 안 들린다는 듯이 표정 하나 바꾸지 않고 닭튀김을 우걱우걱 쑤셔넣었다.

지금까지 들은 이야기로 추측해보자면, 다쓰요 씨는 자기 자식, 그러니까 엄마를 버렸다. 그 후 엄마는 갖은 고생을 한 모양인데, 어른이 된 후에는 다쓰요 씨에게 매달 돈을 보냈다. 그런데 올 4월에 그 돈이 끊기자 다쓰요 씨가 우리 집에 쳐들어왔다. 엄마가 나나 다른 사람에게 부모님이 돌아가셨다고 말한 이유가 무엇인지는, 눈앞에 있는 다쓰요 씨를 보면 명백하다.

만약 나한테 조부모가 있으면 어떨지 생각한 적이 있다. 할아버지 할머니는 눈에 넣어도 안 아플 정도로 손주를 사랑한다고 하고, 손주에게도 할아버지 할머니는 늘 따뜻하게 포용해주는 봄날의 양달 같은 존재라고 상상했다. 무조건적인 애정을 무한대로 퍼부어주는 사람이라고 생각했다. 언제더라, 마리에도 "할머니는 나를 언제나 이해해주셔. 실수하거나 잘못하는 일이 많아도 나를 절대 부정하지 않아"라고 말했었다.

그래서 그런 줄로만 알았다. 상상 속의 할아버지와 할머니는 언제나 다정하게 웃으며 나를 있는 그대로 사랑해주는 존재였다.

지금, 눈앞에 있는 내 할머니라는 사람에게선 그런 걸 조금도 못 느끼겠다. 진짜로 이 사람이 내 할머니일까? 믿기 어려운데 엄마가 하는 걸 보면 아무래도 맞나 보다.

다쓰요 씨는 자기가 들고 온 물 빠진 남색 천 가방에서 갈아

입을 옷을 꺼내고, 당연하다는 듯이 제일 먼저 욕실을 썼다. 갈아입을 옷을 가져온 걸 보면 처음부터 묵을 계획이었겠지. 엄마가 식탁을 정리하고 거실에 잠자리를 준비했다. 오늘 밤은 여기에서 다쓰요 씨를 재우려나 보다. 하지만 거실에 깐 건 엄마 요였으니, 우리 집에는 요가 두 채뿐인데 엄마는 어떻게 하려나 걱정이었다.

"뭐야, 이 납작한 전병 같은 요는. 아니, 전병보다 못하네. 교도소 침구도 이보단 낫겠다."

다쓰요 씨가 깔아놓은 침구를 가리키며 투덜댔다.

"교도소 침구가 어떤지 아세요?"

"나는 몰라. 하지만 쟤는 알지. 쟤한테 물어봐."

다쓰요 씨가 턱짓하며 킬킬 웃었다. 엄마의 안색이 싹 달라졌다.

살짝 건드렸을 뿐인데 말도 안 되는 소리가 튀어나와서 머리와 몸이 쫓아가지 못했다. 도저히 흘려들을 수 없는 대화였지만, 사고의 방어 장치라도 작동했는지 일단 나중으로 미루려고 "하지만 우리 집에는 다른 침구가 없는걸요"라며 시큰둥하게 대꾸했고, 그런 나 자신에게 놀랐다.

"됐어, 다다미면 돼. 자갈밭에서 자는 것보단 낫지."

자갈밭에서 잔다. 예전에 엄마도 그런 말을 한 적이 있다. 우연일까, 아니면 어려서 그런 대화를 나눴을까, 혹은 정말로 둘이서 자갈밭에서 자야 할 정도로 궁지에 몰린 적이 있었을까.

다쓰요 씨는 넉살 좋게 벌러덩 누워 태아처럼 등을 말더니 금방 코를 골기 시작했다. 처음 온 집이고 요도 깔지 않았고 조명도 안 껐는데 잘도 잠이 든다 싶어 기가 막혔는데, 이 사람은 이렇게 언제 어디서나 잠들 수 있어야 살아남을 수 있었는지도 모른다는 생각이 들었다.

흰머리 섞인 머리는 두피가 훤히 보였고, 오래 입어 색 바랜 잠옷이 뼈가 불거진 몸에 달라붙어 깨어 있을 때보다 한층 더 자그마해 보였다.

뭐랑 닮았다는 생각이 들었는데, 예전에 하굣길에 본 새끼 새였다. 둥지에서 떨어졌는지 아니면 다른 동물이 먹으려고 물고 가다가 떨어뜨렸는지, 새끼 새는 아스팔트 위에 이미 죽어 있었다. 털이 듬성듬성했고 얇은 눈꺼풀은 감겼으며 부리는 힘없이 벌어졌다. 시간이 꽤 지났는지 바싹 말랐다. 아주 작았다. 뭉친 휴지 크기랄까. 멀리서 보면 그냥 쓰레기 같았다.

그러나 틀림없는 생명이었다. 그래서 신기했다.

다쓰요 씨의 눈꺼풀이 감겼는데, 움푹 꺼진 눈에 그림자가 져서 진짜 해골처럼 보여 무서웠다. 나는 내 담요를 가지고 와 다쓰요 씨에게 덮어주고 불을 껐다.

엄마와 나는 옆방에서 평소처럼 나란히 요를 펴고 누웠다. 묻고 싶은 게 많았다. 하지만 뭐부터 물어야 할지 모르겠다.

"엄마, 저 사람이 정말로 엄마의 엄마야?"

가장 알고 싶은 질문부터 했다. 알전구만 켜서 어둑어둑한 방에 누워서, 뭔가 곤란한 질문을 할 때는 얼굴을 마주 보기보다 천장을 올려다보는 편이 좀더 편한 것 같다고 생각했다.

"응."

엄마가 다쓰요 씨를 단 한 번도 엄마라고 부르지 않았다는 것을 지금 깨달았다.

"그럼 왜 엄마라고 안 불러?"

침묵이 이어졌다.

"처음에는 엄마라고 불렀어. 그러다가 저 사람에게서 내 인생을 분리하려고 마음먹은 순간부터 그렇게 부르지 않기로 했어. 엄마라고 생각하면 괴롭고 원망하게 되니까. 엄마가 아니라고 치는 편이 나았거든. 실제로도 그렇게 생각하니까 해방된 것처럼 마음이 가벼워졌어. 내가 너무하니?"

"아니. 그렇게 할 수밖에 없는 일을 한 거잖아, 할머…… 저 사람이."

"어려서 먼 친척이나 시설에 날 맡기곤 했는데, 그럼 그대로 두면 될 것을, 저 사람은 자기 편할 대로 변덕스럽게 데리러 오고 또 버리기를 반복했고 그럴 때마다 나는 절망했어. 몇 번이나 배신당해도 또 데리러 오면 '이번에야말로'라고 생각하게 돼. '이번에야말로 괜찮아'라고.

태양은 외톨이

어디 맡기기라도 하면 그나마 낫지, 버리고 가는 것보다는. '여기서 잠깐 기다리렴'이라고 해서 기다리는데, 그러는 동안 점점 절망으로 기울어가는 그 기분. 그러다가 결국에는 버림받았다는 걸 깨닫고 배신당했다는 확신이 들 때의 절망. 그게 괴로워.

저 사람이 사라진 방향을 계속 쳐다봤어. 몇 시간이나. 잠깐만 기다리라는 마지막 말을 머릿속으로 반복해서 재생하면서. 사람이 수십 명, 수백 명 지나가도 계속. 나를 거들떠보는 사람 하나 없지만, 금방 돌아온다고 생각하면 괜찮았어. 아무리 기다려도 돌아오지 않는다는 걸 어렴풋이 깨달은 뒤에도 '사고라도 났나?' 혹은 '급한 일이라도 생겼나?' 하고 오히려 걱정했어. 버림받는 것보단 그렇게 생각하는 편이 나았으니까. 그게 아니란 걸 확실하게 인정한 순간에는 진짜 눈앞이 캄캄해지거든. 그건 견디기 힘들었어. 같이 있으면 또 같이 있는 대로 이런저런 일이 생겼겠지만. 나는 말이야, 그 순간부터 저 사람을 '엄마'라고 부르지 않았고, 그렇게 지금의 나를 지탱할 수 있게 됐어."

"응, 알았어."

옆방에서는 다쓰요 씨가 코 고는 소리가 들렸다. 속 편한 소리여서 조금 화가 치밀었다.

저런 사람한테 왜 돈을 보냈을까? 아마 저 사람이 집요하게 요구했겠지. 오늘만 봐도 그런 짓쯤 아무렇지 않게 할 사람이란 걸 잘 알겠다.

사실은 묻고 싶은 게 더 많았다. 혹시 할아버지도 사실은 살아 있는지, 교도소 침구는 엄마한테 물어보란 말에 대해서도. 맞다, 처음 만났을 때 했던 "하나도 안 닮았네. 당연한가"라는 말도 계속 마음에 걸렸다. 하지만 오늘 밤은 내 용량도 꽉 찼다. 이 이상은 못 받아들인다. 그만 자는 수밖에.

갑자기 "커거걱" 하고, 다쓰요 씨가 목에 뭐가 걸린 듯한 소리를 냈으나 걱정하는 마음은 안 생겼다.

내 할머니인데 남보다 더 남이라고 여기는 내 마음이 조금 두려웠다.

다음 날, 학교 점심시간에 사치코가 말을 걸었다.

"오늘 동아리 활동 없는 날이니까 학교 끝나고 도서관에 안 갈래?"

"아, 미안. 지금 친척이 와 계셔서."

"어, 누구? 사촌?"

"그게…… 할머니."

그 사람과 만나고 싶어서 빨리 돌아가려는 마음은 전혀 없다. 엄마가 퇴근하기 전에 묻고 싶은 것이 있을 뿐이다.

"할머니? 좋겠다. 할머니는 역시 다정하지? 용돈도 주고 그러지 않아?"

"으, 으응."

용돈은커녕 돈을 받으러, 그것도 뜯어내려고 왔지만. 아무리 뜯어내고 싶어도 우리도 크리스마스 칠면조처럼 벌거숭이라(먹어본 적은 없는데 텔레비전에서 봤다) 뜯어낼 깃털 같은 건 없다.

"좋겠다. 할아버지 할머니는 손주한테 엄청나게 약하잖아. 동생을 보면 알겠더라."

사치코가 조금 쓸쓸한 표정을 지었다. 아아, 그랬지. 사치코네는 할아버지와 할머니가 그런 사람이었지.

"진짜 아빠 쪽 할아버지랑 할머니는 만난 적 없어?"

"없어, 한 번도. 엄마 쪽 분들은 이미 돌아가셨으니까 내 할아버지랑 할머니는 그쪽뿐이지만."

"만나고 싶어?"

"응, 아빠보다는 만나고 싶어. 손주는 무조건 귀엽다고 하잖아? 아마 굉장히 다정하실 거야."

꼭 그렇다곤 할 수 없어, 라고 생각했으나 가만히 있었다. 사치코가 품은 할아버지 할머니에 대한 환상을 섣불리 깨뜨리기도 좀 그랬다.

"할아버지랑 할머니는 무슨 일이 있어도 반드시 내 편에다, 내가 울면 우리 강아지, 하면서 따뜻하게 안아줄 것 같아."

지금 집에는 사치코의 편이 없니? 가족 중에는 울어도 안아 줄 사람이 없어?

사치코의 슬픔이 느껴져서 가슴이 아팠다. 그런 집에서 일찌감치 나오고 싶다는 사치코. 이르면 이를수록 좋다, 가능하면 중학교 졸업과 동시에, 자기 힘으로 고등학교에 진학하고 싶다고 했다.

그러려면 역시 돈이다.

그래, 지금 내게 필요한 것도 돈이다. 다쓰요 씨도 돈을 받으면 나갈 것이다. 자기 집에 돌아갈 것이다. 그래도 내 할머니인데 너무 심한 말일지도 모르지만, 그 사람을 절대 좋아하지 못할 것 같다. 불길한 폭탄 같은 사람이다. 무방비하게 접근하면 위험하다고 본능이 경고한다.

무엇보다 엄마를 지키고 싶다. 다쓰요 씨는 누가 봐도 초대받지 않은 손님인데, 하필이면 진짜 할머니라서 마음이 복잡하지만 그래도 어쩔 수 없다.

우리의 이해관계가 정확히 일치했다. 목표 달성을 위한 돈을 원한다.

"사치코, 전에 얘기한 건 진전이 있니?"

"어? 뭐? 무슨 얘기야?"

"회사를 세울 자금 조달."

"아아, 그거. 아니, 아직 전혀."

"사실은 나도 급하게 돈이 필요해."

"뭐 사고 싶은 거라도 생겼어?"

"아니, 우리 집을 지키기 위한, 말하자면 방어 비용이야."

"무슨 말인지 모르겠지만, 돈이야 얼마가 있든 방해보단 오히려 힘이 되니까."

"응, 돈은 힘이야. 그래서 구체적으로 어떻게 할 거니?

우리의 대화는 그 지점에서 멈췄다. 끄응, 신음하며 팔짱을 끼고 고개를 숙이거나 하늘을 쳐다볼 뿐이다. 금방 벽에 부딪혀 한계가 온다. 으아아, 미간에 주름을 잡고는 한번 더 신음했다.

학교를 마치고 집에 돌아왔는데, 거실 한가운데에 침구 한 세트가 떡 자리하고 있어서 놀랐다. 언뜻 보아도 폭신폭신하고 두툼했다. 로라애슐리는 아니지만, 시원한 푸른색 바탕에 우아한 잔꽃 무늬가 가득했다. 제일 위에 베개가 있는데, 저반발 베개인지 누르는 감촉이 신기하고 재미있어서 자꾸 눌러 보게 된다.

그나저나 웬 거지? 엄마도 아직 안 왔고 다쓰요 씨도 없다. 잠시 후에 엄마가 돌아왔다.

"으잉, 이게 뭐야?"

엄마도 놀랐다.

"혹시 그 사람인가?"

내가 말하자 엄마가 "앗!" 하고 외치고는 튕기듯이 장롱으로 뛰어가 세 번째 서랍을 열고 옷가지를 헤집었다.

"아아, 당했다."

마침 그때, 벌컥 문이 열리는 소리가 나고 다쓰요 씨가 들어왔다.

"당신, 또 이러지. 돈을 훔쳤어!"

"뭐야, 듣기 거북하게. 그냥 선불로 준 셈 쳐. 이번에 받을 돈에서 그만큼 빼서 줘. 그나저나 너도 참 뻔하다. 장롱 세 번째 서랍 안에 돈을 감추다니. 혹시나 싶었는데 빙고여서 오히려 놀랐어."

"그 돈으로 이걸 샀어?"

"그래. 인간은 인생의 3분의 1을 자면서 보내니까. 역시 수면은 중요해."

"지금 그런 소릴 할 때야?"

"그러니까 산 돈만큼 줄 돈에서 빼라고 말했잖아?"

엄마가 성대하게 한숨을 쉬었으나, 다쓰요 씨는 전혀 개의치 않는 태도로 콧노래를 부르며 세면대에서 손을 씻고는 천연덕스럽게 물었다.

"오늘 저녁은 뭐냐?"

그날 저녁에도 다쓰요 씨는 사양하는 티 하나 없이 밥과 반찬을 또 깔끔하게 해치우고, 제일 먼저 씻고서 새 이불 위에 만족스럽게 앉았다.

"저기, 물어보고 싶은 게 있는데요."

엄마가 목욕하는 틈을 타서 다쓰요 씨에게 슬금슬금 다가갔다.

"앙? 뭐냐?"

"저, 혹시 제 조부님에 해당하는 사람도 살아 계세요?"

"엥? 조부님?"

다쓰요 씨가 처음 듣는 단어라는 듯 고개를 갸우뚱했다.

"네, 제 엄마의 아버지요."

"쟤 아버지? 글쎄다, 그런 사람이 있었나?"

다쓰요가 검지를 뺨에 대고는 부자연스럽게 고민하는 포즈를 취했다.

"마리아 씨처럼 어느 날 갑자기 애를 뱄어. 나도 모르는 사이에."

마리아 씨라니, 혹시 성모 마리아 말인가?

"그런 소리 하면 벌 받아요."

"벌 받는 건 불교 아니냐? 기독교도 벌을 내리나?"

"그, 글쎄요."

이 사람에게서 진실을 캐내기란 아무래도 무리일 것 같지만 그래도 물어보았다.

"제 아빠는요? 뭐 아는 거 없으세요?"

"그거야말로 몰라. 내가 더 묻고 싶다. 네가 태어난 것도 한참 뒤에야 알았을 정도니까."

기대는 안 했지만 역시 조금은 낙담했다. 다쓰요 씨는 어느 틈에 꾸벅꾸벅 졸더니 그대로 쓰러지듯이 이불에 누워 금방 코를 골기 시작했다. 엄마처럼 성대한 한숨이 절로 나왔.

엄마와 나란히 요를 깔고 눕자 자연히 말이 나왔다.

"언제까지 있을까?"

당연히 다쓰요 씨다. 언제 나가느냐고 묻고 싶지만 그러기는 망설여졌다.

"돈이 마련될 때까지. 하루라도 빨리 어떻게든 할게."

"같이 있기 싫어?"

"저 사람하고는 일이 워낙 많았거든. 너무 많아서 감정이 다 닳아버렸을 정도야. 변덕스럽게 내다 버렸다가 귀여워했다가를 반복하니까 얼마나 휘둘렸는지 몰라. 그래서 그런지 오히려 가끔 다정하게 대해주면 믿게 된다? 그러다가 또 배신당하고. 나쁜 짓을 당해도 다정하게 대해줬을 때를 몇 배나 더 떠올리곤 했어. 언젠가는 평범한 모녀처럼 서로 아껴주는 따뜻한 관계가 되겠지 믿고 노력한 적도 있지만, 그런 기대가 전부 산산이 부서진 지금은 엄마라고 부를 수도 없어. 몸이랑 머리랑 감정이 거부해. 그렇게 불렀다가는 지금까지 당한 일을 다 용서할 것 같아서 도저히 못 부르겠어.

이미 이 세상에 내가 엄마라고 부를 사람은 없어. 부를 사람이 없다는 건 죽었다는 말이나 다름없지. 그렇게 생각하면 마음이 조금은 편해졌어. 죽은 사람을 나쁘게 말하면 안 된다고 하잖니. 내 엄마는 이미 죽었다고 생각하기로 했어. 그러면 원망도 옅어질 것 같아서. 거짓말해서 미안하다. 남들이 이 얘기를 들으면 나더러 못됐다고 하겠지만, 이 지경에 이르기까지 그만큼 많은 일이 있었어. 어느 한쪽이 죽지 않는 한 용서하지 못하는 관계도 있단다. 하필 그게 모녀라니 최악이지만."

"응, 알았어. 대충이지만."

"초등학교 2학년 때 아즈사라는 여자애랑 친해서 집에 놀러 간 적이 있었는데, 아즈사네 집은 아버지가 고등학교 선생님이고 어머니가 피아노 학원 선생님이었어. 집에 커다란 그랜드 피아노가 있어서 놀랐어.

그 애 어머니가 어찌나 아름답던지, 컬을 넣은 머리카락은 윤기가 흐르고 화장도 꼼꼼하게 한 데다 진주 목걸이도 했어. 집에서 화장하고 목걸이를 한 사람은 처음 봤어. 피아노도 쳐주셨지. 〈강아지 왈츠〉라는 곡을. 건반 위에서 가느다랗고 하얀 손가락이 가볍게 춤을 추는데 그 모습을 오래오래 보고 싶었어. 듣고 싶었고. 담홍색 손톱도 반짝반짝 예뻤어. 예쁜 사람은 손톱 모양까지 예뻐서 신기했어. 가까이 가면 좋은 냄새가 물씬 나서 두근거렸어. 직접 만든 쿠키도 주셨어. 유리 접시에 그, 페이퍼 냅킨이라고 하나? 레이스 무늬의 하얀 종이가 깔려 있더라. 쿠키는 아즈사랑 같이 만들었대. 맛있었어. 진짜 버터 맛이 났어. 종이 위에 떨어진 부스러기까지 전부 손가락으로 찍어 먹었어. 다 먹은 다음에 '이 종이, 주실 수 있어요?'라고 아즈사의 어머니한테 물었어. 그랬더니 '이건 지저분하니까 새 거로 줄게'라며 하얀 레이스 종이를 꺼내 흔쾌히 주셨어. 내 손을 감싸듯이 하며 건네주셨는데, 그 손이 하얗고 매끄럽고 부드러워서 놀랐어. 내 엄마와는 전혀 달랐으니까.

그 후에 나는 다른 학교로 전학을 가서 아즈사와는 못 만났는데, 그때 받은 레이스 냅킨은 꽤 오랫동안 소중히 보관했어. 때때로 꺼내 보면서 언젠가 어른이 되면 아즈사 어머니처럼 쿠키를 굽겠다고 다짐했지. 그때 닿았던 아즈사 어머니의 부드러운 손 감촉까지 되새기곤 했어. 대체로 쓸쓸하거나 슬플 때 그랬지. 아즈사와 헤어진 후로 그 애가 아니라 그 애 어머니만 생각했어.

아즈사의 어머니가 내 엄마라면 좋겠다고 죽을 만큼 바랐지. 그러다가 상상 속에서는 아즈사와 내가 쌍둥이가 돼서 다정하고 아름다운 엄마랑 같이 쿠키를 굽고 피아노 연주를 듣기도 하고 배우기도 했어. 곡은 당연히 〈강아지 왈츠〉였어. 그래서 클래식은 하나도 모르는데 그 곡은 알아.

그런 엄마가 되고 싶었어.

초등학교 사회 시간에 선생님이 해준 얘긴데, 전쟁 중에 특공대 병사는 비행기를 타고 적진에 돌진하면서 다들 '엄마!'라고 외쳤대. 어른이 된 후에 그 얘기를 떠올리면서 만약 내가 특공대 병사였다면 '엄마'라고 외치진 않았겠다고 생각했어. 죽음을 앞둔 순간에도. 엄마가 있는데 '엄마'라고 부르지 못하는 것도 슬프지.

그래도 아주 가끔은, 예를 들어서 해 질 무렵에 강변을 따라 걷다 보면 무심코 '엄마' 하고 중얼거릴 때가 있어. 물론 저 사람은 아니야. 그렇다고 아즈사네 어머니도 아니고. 그 누구의 엄마도 아니었어. 그냥 '엄마'라고 말하면 마음이 촉촉해져서 울고 싶어지더라. '엄마'는 참 대단하고 좋다고 생각했어. 그래서 나는 그런 존재가 되지 못한다고 생각했고. 누군가의 엄마라니 절대로 안 되지. 나는 한심한 인간이니까. 잘못도 많이 저질렀어. 솔직히 남한테 말 못 할 짓도 했어. 그랬던 내가 누군가의 엄마가 되면 안 된다고 생각했어. 될 리도 없다고 생각했어.

그래도 하나가 태어나준 덕분에 좋은 사람이 되고 싶어졌어. 진심으로. 그래서 하나가 '엄마'라고 불러줄 때마다 나는 엄마가 됐단다. 엄마가 될 수 있었어.

하나, 나를 엄마로 만들어줘서 고마워."

엄마가 이불에서 팔을 뺐었다. 나도 팔을 뻗어 손을 맞잡았다. 사포처럼 까끌까끌하고 뼈가 불거져 울퉁불퉁하지만 이게 우리 엄마의 손이다. 꽉 쥐자 엄마도 마주 잡아주었다.

"그래도 사랑은 받고 싶었어. 그래, 사랑받는 아이가 되고 싶었어."

엄마가 억지로 짜내듯이 말했다. 목소리가 조금 떨렸다. 아마 지금 엄마는 울고 있으리라.

문 너머에서 다쓰요 씨의 코 고는 소리가 들렸다.

자기 자식을 사랑하지 않았으니 자식의 딸인 나에게도 저렇게 무뚝뚝한 것이다. 원래 정이 없는 사람일 수도 있다. 나도 앞으로 저 사람을 친근하게 여기진 않으리라. 내 할머니에게 품는 감정이 이런 것뿐이라니 마음이 쓰렸다.

엄마와 다쓰요 씨는 같은 공간에 있어도 시선을 맞추지 않는다. 서로서로 존재를 무시하는데 오히려 그러면서 의식하는 것을 알 수 있다. 밥을 먹을 때도 텔레비전 소리만 시끄럽게 들리는데 그게 차라리 좋았다. 무거운 침묵 속에서 밥을 먹는 것보단 낫다. 엄마와 둘이서 밥을 먹을 때가 그립다. 겨우 얼마 전인데 아주 옛날 일 같다.

그 시간을 되찾아야겠다.

그러기 위해서 지금 나는 무엇을 해야 하는가. 무엇을 할 수 있는가.

결국에는 돈 문제다. 나는 맨날 이런다. 이 나이에 돈 문제로 고민하는 사람이 그렇게 많지는 않을 텐데, 이 나이가 문제여서 아무것도 못 하니까 안타깝다.

어둠 속에서 한숨을 내쉬었다.

"공부나 시험은 싫지만 학교가 나를 살려주는 면은 있어."

점심시간에 사치코가 내 옆자리에 와서 말했다.

"살려줘?"

"응, 적어도 여기에는 내가 머물 곳이 있으니까. 친구도 있고. 사실은 며칠 전부터 그쪽 조부모님이 집에 와 있어. '사랑하는 우리 리이사와 같이 살고 싶다'면서, 조만간 본격적으로 같이 살 생각인가 봐. 그러면 내가 머물 곳은 완전히 없어지지. 스물네 시간 내내 불편하게 지내야 하고 진짜 이물질이 되는 거라고. 집은 원래 가장 편해야 하는 곳인데 거기에 내가 있을 수 없다니 괴로워. 진짜 일분일초라도 빨리 집에서 나오고 싶어."

내가 머물 곳. 어쩌면 사치코의 과민 반응일 뿐이고, 의외로 할아버지 할머니는 아무렇지 않을 수도 있다는 생각이 언뜻 들었다. 하지만 그렇진 않겠지. 본인이 그렇게 느낀다면 그런 것이다. 본인의 느낌이 전부다.

집을 나온다니. 그러고 보니 다쓰요 씨의 집은 어딜까. 중요한 이야기를 물어보지 않은 것을 뒤늦게 깨달았다. 집을 며칠씩 비워도 괜찮나? 일은 하나? 그리고 우리 집에서 머무는 기분은 어떨까.

집에 왔더니 다쓰요 씨가 처음 만났을 때와 마찬가지로 연립주택 앞에 앉아 담배를 피우고 있었다. 실내에서는 안 피우려는 최소한의 배려는 하나 보다.

"어서 와라."

나를 보자 금니 송곳니를 드러내며 히죽 웃었다.

"매일 학교에 가다니 기특하네."

"뭐가 기특해요. 평범한 건데요."

"그래? 평범한가. 그 평범한 걸 못 했어, 나도 그 애도."

"어? 엄마도 학교에 잘 안 다녔어요?"

"응? 그런 소릴 했나? 이젠 늙어서 말해놓고도 금방 까먹는다니까."

잡아떼는 표정에 힘이 쭉 빠졌다.

"저기, 어디 사세요? 집을 며칠이나 비워도 괜찮아요?"

"아아, 괜찮고말고. 어차피 홀몸이고 떠돌이나 마찬가지니까. 그래도 요 몇 년간은 도쿄에서 살았어. 이 옆에 이타바시구나 아다치 구에."

의외로 가까이 살았다는 사실에 당황했다.

"일은요? 일은 안 하세요?"

"그것도 하거나 안 하거나? 숙식 제공하는 데서 일하거나 아닌 데서도 일하고. 닥치는 대로 다 했어. 그런데 빚이 있어서……."

다쓰요 씨가 입술을 오므려 담배 연기를 뱉었다.

아아, 그래서 엄마가 돈을 보냈구나. 하지만 그 빚은 다쓰요 씨 혼자 진 것이니 엄마랑은 상관없을 텐데. 모녀 사이여서 그럴 수는 없나? 필요할 때만 모녀인 걸 이용하는 것 같다. 현실에서는, 엄마는 자식을 '그 애'라고만 부르고, 자식도 엄마를 '엄마'라고 부르는 걸 완고하게 거부하는 관계이면서.

그때 편의점 봉지를 든 겐토가 돌아왔다. 겐토는 다쓰요 씨를 보자 거북이처럼 목을 살짝 움츠리고 경계심 어린 눈빛을 보냈다.

"아이고, 안녕하슈."

다쓰요 씨가 실실 웃으며 고개를 살짝 숙였다.

"아, 안녕하세요."

겐토도 허둥거리며 인사했다.

"이런, 스모 경기가 끝나겠어."

다쓰요 씨가 아직 불이 붙은 담배를 휙 던졌다.

"아이, 진짜."

얼른 밟아서 끄고 주웠다. 그 사이에 다쓰요 씨는 냉큼 방으로 들어갔다.

"누, 누구셔?"

겐토가 눈을 휘둥그렇게 뜨고 물었다.

"우리 조모인 것 같아. 엄마의 엄마인 것 같다구."

"어? 조모라면 할머니? 네 할머니? 어라, 어머니 쪽 부모님은 돌아가셨다고 하지 않았어?"

"응, 그게 말이지, 그러니까 사실은 살아 있었나 봐. 내가 생각했던 할머니랑은 좀 많이 다르지만."

"그런 것 같네. 그래도 역시 닮았다. 너희 어머니랑 아까 그 사람. 뒷모습이나 체형이. 얼굴도 그렇고. 듣고 보니 모녀처럼 보여."

"진짜?"

"너는 다르네. 너는 아버지 쪽을 닮았나?"

"잘 모르겠어."

"아, 미안."

"별로, 괜찮아. 그런데 엄마랑 저 사람, 사이가 삐걱거려. 예전에 일이 좀 많았던 모양이라 껄끄러워. 통하는 부분도 없다고 해야 하나, 쌀쌀맞아. 엄마고 뭐고 미워서 어쩔 줄 모르는 느낌이야. 부모와 자식 사이인데도."

"부모와 자식이라고 사이가 꼭 좋진 않아. 물론 부모와 자식이 깊은 애정으로 서로 배려하면 제일 좋을 테고 실제로 그런 사람이 많겠지만. 세상일에 완전한 백 퍼센트는 웬만해선 없다 보니 세상 대다수가 그렇더라도 그렇지 않은 사람, 그럴 수 없는 사람은 분명히 존재해. 만약 내가 소수파에 해당한다면 마음 기댈 곳이 없어지지. 부모와 자식이니까 사이가 좋다거나 부모와 자식이니까 서로 이해한다거나 가족은 끈끈한 사이라거나……. 그게 정당하고 훌륭할지 몰라도 몇 퍼센트쯤은 그렇지 않은 사람이 반드시 있어. 그렇게 될 수 없는 사정도 다양할 테고. 부모를 싫어하는 자식도 있고, 자기 자식을 도저히 사랑하지 못하는 부모도 있어. 그러니까 만약 자기 집이 그렇더라도 자기 자신이나 다른 사람을 탓하거나 원망하진 않는 게 좋아."

"응, 하지만……."

나는 부모와 자식이라면 사이가 좋으면 좋겠고, 부모와 자식이라면 언젠가 이해할 수 있다고 생각하고 싶고, 그렇게 믿고 싶다. 이 마음을 겐토에게 말하지는 않았다.

다음 날, 쉬는 시간에 사치코가 심각한 표정으로 내게 다가왔다.

"처음 예정대로 앞으로 삼 년 안에 집을 나갈 생각이야. 안 그러면 나는 그 집에서 질식할 거야."

"무슨 일 생겼어?"

"나를 노골적으로 무시해, 그 할아범이랑 할망구가. 눈도 안 마주쳐. 동생한테는 그, 파안대소라고 하나? 얼마 전에 국어 시간에 배웠잖아, 환하게 웃는다는 의미지? 그 말대로 녹아내릴 듯이 웃으면서 동생이 무슨 말만 해도 기분 나쁘게 달짝지근한 목소리로 호들갑 떨면서 반응해. 그런데 내가 뭐라고 말하면 입을 꾹 다문다? 날 안 귀여워하는 건 알겠는데 그렇게까지 하다니 너무해. 엄마는 내 편을 들면 그 집에서 자기 처지가 곤란해질 테니까 나를 감싸주지 못하고, 아빠라는 아저씨는 원래 타인이니까 나랑은 관계없는 인간이잖아. 그 집에서 보기엔 내가 관계없는 인간이겠지만."

평소보다 더 흥분했다.

"그러니까 진짜로 그 집에서 나올 거야. 중학교를 졸업하면 그 집에서 돈 한 푼 안 받고 내가 번 돈으로 당당하게."

"어, 그래도 돈은 받는 게 낫지 않아? 그때면 아직 열다섯 살인데."

"내 기분의 문제야. 그러니까, '긍지'라고 하나?"

"긍지? 아아, 긍지."

"응, 긍지. 어쨌든 나는 결심했어. 그래서 그 첫걸음으로 이것저것 생각했는데, 중학생이니까 아무래도 한계가 있어. 법의 장벽 말이야. 아르바이트도 못 하잖아. 그런데 비슷한 나이여도 세상에는 돈을 버는 애도 있어. 탤런트나."

"어? 탤런트가 되게?"

"설마. 그건 독립하기보다 더 어렵잖아. 그게 아니라 텔런트의 본래 의미는 '재능, 소질, 기량'이잖아. 그렇다면 우리의 재능은 과연 뭘까?"

"어? 재능? 우리의?"

"그래. 우리의 공통 재능. 우리 둘 다 좋아하는 거."

"음, 우리 둘 다 좋아하는 거? 개그 방송인가? 뭐야, 만담 콤비를 하자고?"

"아니야! 그야 좋아하지만 그것 역시 가시밭길이잖아. 그게 아니라 일러스트 그리기 말이야!"

"아아, 하지만 일러스트를 어쩌려고?"

"팔아야지, 당연히."

"뭐?"

당연하게 말하는 사치코한테 놀랐다.

사치코의 말대로 우리 둘 다 그림 그리기를 좋아하고 실력도 꽤 괜찮다. 하지만 어디까지나 중학생 수준이다. 우리 반이나 우리 학년에서는 잘하는 축이더라도 전국적으로 보면 이 정도로 그리는 사람은 수두룩하리라.

"생각해보니까 그게 가장 가성비가 좋아. 수예도 좋은 방법이지만 재료비가 많이 들잖아. 팔 만한 물건을 만들려면 재료도 그만큼 좋은 걸 써야 하고. 반면에 일러스트는 기본적으로 종이와 펜, 물감만 있으면 돼. 연필로만 그려도 괜찮고. 기술로 얼마든지 만회할 수 있어. 작은 투자로 크게 버는 거지. 이런 걸 뭐라더라? 로 리스크 하이 리턴? 피카소는 굴러다니는 종이에 대충 삼십 초 만에 그린 그림이 일억 엔이었대."

갑자기 최상급 능력자를 끌고 나왔다.

"그, 그건 피카소니까 그렇지, 우리 같은 중학생의 그림을 살 사람은 없어."

"그럼 피카소한텐 없고 우리에게 있는 건 뭐게?"

"어, 뭘까? 생명? 그 사람은 이미 죽었으니까."

"음, 아쉽네. 정답은 젊음이야. 만으로 열세 살, 여자 중학생은 지금 이때뿐인 순간의 반짝임이잖아? 피카소는 여자 중학생이 아니야."

"그야 그렇지만……."

이야기가 어디로 튈지 몰라 어질어질했다.

"현역 여자 중학생이 그리는 여자 중학생의 그림. 지금뿐인 파릇파릇한 과실의 향. 이건 이것대로 특수한 층의 수요가 틀림없이 있을 거야."

"아니, 그건 그것대로 또 다른 위험한 냄새가 나는데. 애초에 판다고 해도 어디에서? 인터넷은 입금이나 송금이나 계좌이체나, 아무튼 문제가 있을 것 같아서 무서워. 지난번에도 그런 결론이었잖아."

"그러니까 공원에서 팔자."

"아니, 그것도 안 되지. 노점상이랑 마찬가지로 허가가 필요하지 않아?"

"그래도 공원에서 그림을 그리는 건 괜찮잖아? 만약 공원에서 그림을 그리는데 지나가던 사람이 그림을 보고 마음에 들어서 '꼭 팔아주세요. 얼마든지 드리겠어요'라고 하면? 우리가 팔겠다고 나선 게 아니야. 공원에서 장사를 한 것도 아니지. 하지만 그쪽에서 먼저 말해서 우리가 승낙하면 교섭 성립이잖아?"

"으음…… 하지만 결과적으로 중학생이 돈을 벌게 되면 위험하지 않을까?"

"그건 노동에 대한 가치가 아니야. 재료비나 옷에 묻은 물감을 세탁하는 비용으로 받으면 노 프라블럼."

"그럴까? 제대로 알아봐야 할 것 같은데……."

"아니야, 안 그러는 편이 나아. 만약 조금이라도 문제가 있으면 사기가 떨어지니까. 브레이크가 걸릴 거야. 그냥 기세를 타고 밀어붙이는 게 낫지."

사치코 역시 켕기는 점이 있다고 느끼나 본데, 하고 싶은 말이 뭔지는 알 것 같았다.

"아무튼 배는 곧 떠날 거야. 어떡할래? 탈래, 안 탈래?"

"음…… 탈래."

대답은 했으나, 흙으로 만들어 금방 가라앉을 배 또는 나뭇

조각을 엮은 뗏목 같아서 불안했다. 전혀 잘될 것 같지 않다.

그래도 손놓고 있는 것보다는 낫다고 생각해야지.

'지금 할 수 있는 최선을 다하자.'

학교 복도에 이번 주의 목표라고 붙은 종이를 떠올렸다.

최선 같진 않지만, 확실히 지금 할 수 있는 일은 그것뿐이다. 토요일인 내일, 당장 실행에 옮기기로 했다. 다행히 지금까지 그려둔 일러스트도 제법 많다. 주로 귀여운 여자애를 그렸다. 일러스트와 그림 도구, 돗자리 등 필요한 걸 챙겨서 우리 구 중심 지역에 있는 큰 공원에서 만나기로 약속했다.

다음 날, 아침부터 날씨가 좋았다. 엄마는 일하러 갔고 다쓰요 씨도 아침을 먹고 어딘가 외출했다. 나는 엄마가 준비해준 점심 주먹밥과 된장국을 일찍 먹고, 약속한 공원으로 자전거를 타고 갔다.

사치코는 벌써 와서 나무 아래에 돗자리를 펴놓고 있었다. 나를 보고 환하게 웃었다. 돗자리 위에 자기가 그린 일러스트를 늘어놓았다. 바람에 날아가지 않도록 잡화 따위로 눌러놓았다. 요즘 인기 있는 애니메이션의 영향을 크게 받은 화풍의 일러스트인데, 세일러복이나 블레이저 교복을 입고 포즈를 취한 귀여운 여자애들 그림이었다. 대놓고 노리는 느낌이라 마음이 복잡했다. 괜찮을까?

이런 내 마음도 모르고 사치코는 "나중에 성공해서 인터뷰를 하게 되면 '우리의 원점은 아시타야마 공원이었다, 모든 것은 그 공원에서 시작됐다'라고 대답하자!"라며 무조건 긍정적이었다.

어떤 작전인가 하면, 우리가 그린 일러스트를 옆에 두고 그림을 그린다. 그림을 팔진 않는다. 하지만 누군가 걸음을 멈추고 그림에 흥미를 보이고 꼭 사고 싶다고 말하면 응할 수 있다는 자세다. 가격은 그때그때 임기응변으로 정한다.

이게 정말 잘될까? 날림에다 무모한 계획이다.

어쨌든 우리의 이해관계는 일치했다. 용돈 수준이라도 좋으니 돈을 벌고 싶다. 사치코는 독립할 자금에, 나는 다쓰요 씨에게 줄 돈에 조금이라도 보탬이 되면 충분하다.

예전에 놀이공원에 가고 싶어서 방과 후에 자판기 거스름돈 털이를 하러 다닌 적이 있었다. 그때와 비교하면 나름 진보했다고 할 수 있을까? 새삼스레 나는 초등학생 때부터 줄곧 돈 때문에 고민하며 산다는 사실을 깨달았다. 앞으로도 똑같이 돈에 좌우되는 인생일 것 같다. 그것도 큰 금액도 아닌 돈에. 이 나이부터 돈만 생각하다니, 언젠가 그 돈에 발목을 잡혀 쓰러지면 어떡하지.

에이, 그만두자. 그런 생각을 하면 정말로 그렇게 된다. 이 진리를 알려준 사람도 기도 선생님이었다.

"평소에 언제 죽어도 상관없다고 생각하면, 생사가 걸린 상황에 부닥쳤을 때 마음이 그쪽으로 끌려가 살아남지 못할 가능성이 높아진다고 합니다. 물론 모든 일이 그렇진 않겠지요. 하지만 마이너스 생각을 하면 자기도 모르는 사이에 마이너스를 끌고 와서 좋지 않은 선택을 하게 될 때가 있습니다. 그러니 평소 마음가짐이 중요합니다.

선생님도 한때는 언제 죽어도 상관없다고 생각한 시기가 있었는데, 이 이야기를 듣고 마음을 고쳤습니다. 그러니까 지금 이렇게 여러분 앞에 서 있는 것이지요."

그 말을 들은 마리에는 "그냥 계속 언제 죽어도 좋다고 생각하면 좋았을 텐데. 그러면 다른 담임이었을지도 모르잖아. 나는 3반의 나카지마 선생님이 좋은데"라고 말했었다. 기도 선생님은 지금 맡은 반에서도 이 이야기를 하고 있을까?

이야기의 진위는 몰라도(기도 선생님이 하는 말에는 그런 게 많다) 그럴싸한 말이었다고 생각한다.

그렇다. 지금은 좋은 방향으로 생각하자. 나도 집에서 가지고 온 일러스트를 늘어놓고 스케치북을 펼쳤다.

토요일 오후여서 사람이 많았다. 대부분 어린아이가 있는 가족들이었다. 공원을 뛰어다니고 놀이기구를 타느라 사방에서 아이들의 함성이 들렸다. 가끔 아이가 흥미진진하게 다가와서 늘어놓은 그림이나 스케치북을 구경하며 "잘 그려" 또는 "멋있어"라고 말했고, 그 부모도 "어머, 그러네. 언니들이 잘 그리는구나"라고 하거나 "언니들은 숙제하고 있으니까 방해하면 안 돼"라며 타일러서 데리고 갔다. 역시 그렇게 보이나 보다. 미술 숙제를 하는 중이고, 주변에 늘어놓은 그림은 그냥 말리는 중이라고. 우리의 본래 목적이며 핵심 의도는 아마 초능력자가 아닌 이상 꿰뚫어 보지 못할 것이다.

침착하게 생각해보면 당연한 일이다. 벌써 그리기 시작한 지 세 시간 가까이 지났다. 이렇다 할 움직임도 없다. 확률로 따지면 자판기 거스름돈 줍기가 차라리 낫겠다.

"조금 쉴래? 나 과자 가지고 왔어. 음료수도 있어."

사치코가 가방을 열어 안을 가득 채운 페트병과 봉지 과자를 보여주었다.

"마실래, 마실래. 목말랐어. 고마워."

녹차 페트병을 따서 마시자 기분 좋은 향이 퍼졌다.

"벌써 미지근해졌지? 샀을 때는 시원했는데."

"일부러 사 왔어? 미안해. 얼마였어?"

"에이, 괜찮아."

사치코가 자기 얼굴 앞에서 손을 저었다. 과자까지 사 오다니, 벌기는커녕 마이너스로 시작했다. 새삼스럽게, 지금 대체 뭘 하는 건가 싶었다. 사치코가 과자 봉지를 뜯으려는데, 등 뒤에서 목소리가 들렸다.

"오오, 잘 그리는구나."

둘이 동시에 돌아보니 남자가 서 있었다. 둥그스름한 얼굴에 안경을 썼고, 머리는 반지르르 벗어져서 양쪽 가장자리에만 머리카락이 남았다. 만화에 나오는 박사님 같은 헤어스타일이다. 피부가 새하얀데 뺨만 상기한 것처럼 은은한 분홍색이다. 얼굴도 반지르르해서 묘하게 윤기가 흘렀다. 젊은 사람인지 나이 든 사람인지 언뜻 봐서는 잘 모르겠다. 탱크처럼 땅딸막한 체형에 새까만 숄더백을 어깨에 메고 싱글싱글 웃고 있었다.

"이건 파는 거니?"

왔다! 상상은 했지만 실제로 상황이 벌어지자 오싹오싹 닭살이 돋았다.

"그게, 꼭 파는 건 아닌데요."

"그래? 아쉽구나."

아저씨, 그렇게 쉽게 포기하지 말아요, 라고 생각했으나 당연히 입 밖에 내진 않았다.

"지금 그리는 것도 아주 좋네. 둘 다 잘 그려. 초상화는 안 그리니?"

"초상화요?"

"그래. 우에노 공원에 흔히 있잖니. 길에서 그리는 거."

"아아, 네."

사치코와 마주 보고 고개를 끄덕였다.

"나를 그려주지 않을래? 물론 사례는 하마."

사치코의 눈이 크게 뜨였다. 할래, 라는 눈이다.

"초상화는 처음이라서 잘 못 그릴 수도 있는데 괜찮아요?"

사치코가 웃으며 묻자, 아저씨가 "당연히 오케이"라며 두 손으로 동그라미를 만들었다.

돗자리 위에 벌려놓은 그림을 정리하고, 아저씨에게 돗자리에 앉으라고 해서 둘이 그림을 그렸다. 아저씨는 계속 싱글벙글 웃었다.

가느다란 눈, 둥그런 코, 둥글둥글한 얼굴. 생각보다 특징적이어서 그리기 쉬웠다. 그래도 있는 그대로가 아니라 서비스로 실물보다 조금은 잘 그려주고 싶은 마음이 있었다. 나는 실사풍, 사치코는 애니메이션풍으로 귀엽게 그렸다. 상의하지도 않았는데 다른 분위기여서 다행이었다.

십오 분쯤 걸려 그림을 완성했다.

그리는 동안 아저씨가 "둘 다 몇 살이니?", "이름은? 중학교는 어디고?"라고 물어봐서, 나이는 솔직하게 대답했으나 이름은 "치사랑 다나미요. 이 근처 중학교에 다녀요"라고 사치코가 둘러댔다. 치사는 사치코의 이름 첫 두 글자를 거꾸로 한 것이고 다나미는 다나카 하나미의 처음과 끝을 따서 지었나 보다. 가명을 급히 생각하느라 본명과 비슷하게 대답했겠지. 그치만 다나미가 뭐람. 차라리 나미가 낫다고 생각했는데, 아저씨가 "호오, 치사랑 다나미구나. 둘 다 귀여운 이름이야"라고 말했다. 거짓말일 게 뻔하다고 생각했고, 사치코도 옆에서 나와 비슷한 표정을 지었다.

완성한 초상화를 아저씨에게 보여주었다. "오오, 좋구나. 아주 잘 그렸어." 아저씨는 만족스러워했다. 두 장 다 하나도 안 닮았지만 복장과 머리 스타일, 안경 같은 소품을 정확하게 그리면 그럴싸하게 보이는 법이다.

"그럼."

아저씨가 바지 뒷주머니를 뒤졌다.

"어라?"

바지 앞주머니와 폴로셔츠 주머니, 까만 가죽 숄더백 안도 "어라? 어라?" 하고 중얼거리며 차례차례 뒤지고는 고개를 갸웃거렸다.

"이상하네."

불길한 예감이 들었다. 사치코도 어색한 미소를 억지로 짓고 눈을 깜박였다.

"왜 그러세요?"

"그게, 지갑을 놓고 온 것 같아."

"네?"

사치코와 동시에 목소리를 높였다.

"아아, 그래, 차에 있겠다. 여기 오는 길에 편의점에서 뭘 좀 샀거든. 그때 지갑만 들고 갔다가 차로 돌아와서 조수석에 두고 그냥 왔나 보다. 차는 저 아래 주차장에 세워뒀어. 지갑을 가지러 다녀올 테니까 잠깐 기다려줄래?"

"네? 그건 좀……."

아, 당했다. 지갑을 두고 왔다는 건 거짓말이다. 처음부터 돈을 낼 마음이 없었겠지. 아니면 완성된 그림을 보니까 돈을 내기 싫어졌거나. 사치코도 당황한 표정으로 주먹을 꽉 움켜쥐고 입가에 댔다.

"그럼, 그냥 됐어요. 그림만 돌려주시면 괜찮아요."

아저씨의 손에서 그림을 받으려고 했다.

"아니, 이거 정말 마음에 들어서 갖고 싶어. 돈도 제대로 지불하마."

그러나 아저씨는 그림을 돌려주지 않았다.

"혹시 의심스러우면 같이 주차장까지 가지 않겠니? 그러면 그 자리에서 바로 주마."

사치코와 마주 보았다. 사치코가 살짝 고개를 끄덕였다. 둘이서 간다면, 눈이 그렇게 말했다.

그림 도구와 일러스트, 돗자리를 정리해 아저씨를 따라 주차장으로 갔다. 공원에 병설된 주차장이다. 아저씨의 차는 가장 안쪽에 있었다. 새까만 원 박스 카였다. 앞유리와 운전석

이외에는 진한 스모크 시트가 붙어 있어서 안이 잘 보이지 않았다.

아저씨는 조수석 문을 열어 상반신을 안에 넣고 한참 뒤지더니 우리를 돌아보았다.

"이상하네? 지갑이 없어. 떨어뜨렸나 보다."

"네?"

"아니, 편의점에서 돈을 낼 때는 분명히 있었거든. 어떻게 된 거지? 어라? 곤란한데."

그러면 그렇지. 이 아저씨는 처음부터 이럴 꿍꿍이였다. 초상화는 이미 아저씨의 숄더백에 들어갔다. 이거 완전 사기잖아. 중학생을 속여 공짜로 그림을 얻으려고 들다니, 치사한 아저씨다.

"아아, 이제 됐어요. 어휴."

짜증스럽게 쏘아붙였다.

"아니야, 정말 사례를 제대로 한다니까."

이 아저씨가 여전히 그 소리네. 아저씨의 뺨과 코 아래에 땀방울이 맺혔고 눈은 충혈됐다.

"집에 가면 있어, 돈은. 응, 집에 아주 많아. 거짓말이 아니야. 그러니까 집까지 같이 가면."

"뭐라고요? 처음부터 돈 없었던 거죠? 거짓말한 거야. 이상한 연기나 하고, 바보 아냐?"

사치코가 기가 막힌다는 듯이 외쳤다.

그러자 아저씨가 으르렁거리는 미친개처럼 미간과 코에 쭈글쭈글 주름을 잡았다.

"뭣이? 말투가 그게 뭐야? 내가 누군지 알고! 돈은 집에 있다고 했지!"

갑자기 큰 소리로 윽박질러 몸이 굳었다. 사치코의 얼굴도 새파랗게 질렸다.

"그래. 그러니까, 집에 돈이 있으니까 받으러 오라고 하잖아. 어서!"

그러면서 사치코의 손목을 붙잡고 잡아당겼다. 비틀거리는 사치코를 억지로 차에 태우려고 했다. 사치코의 얼굴이 공포로 일그러졌다.

"그만해욧!"

나는 사치코의 손목을 붙잡고 있는 아저씨의 팔을 물어뜯어 버렸다.

"아얏, 무슨 짓이야, 이 새끼가!"

아저씨가 사치코의 손을 놓았다. 나는 얼른 사치코를 끌어당겼다.

"도와줘요! 누가 좀 도와주세요!"

있는 힘껏 목소리를 짜내 외쳤다. 목구멍이 찌부러질 정도로 비명을 질렀다.

"도와주세요! 도와주세요!"

"어이, 거기 뭐 하는 거야!"

날카롭고 굵은 목소리에 돌아보니, 남색의 경찰 제복이 눈에 들어왔다.

사치코와 함께 그쪽으로 어떻게든 뛰어가려고 했는데, 다리가 꼬여서 제대로 달리지 못했다. "거기 서!" 하며 경찰이 빠르게 달려왔고, 뒤이어 "이제 괜찮단다"라는 말을 들으니 허리에 힘이 빠져 그 자리에 주저앉았다.

가까운 경찰서의 어떤 방에 들어가 차가운 보리차를 한 모금 마신 뒤에야 간신히 진정할 수 있었다.

살았다. 과장이 아니라 정말로 위험했단 걸 실감하자 다시 두려움이 몰려왔다. 경찰서까지 어떻게 왔는지는 단편적으로만 기억한다. 경찰차에 타서도 사치코는 계속 창백한 얼굴로 떨고 있었다.

붙잡힌 아저씨. 나중에 지원하려고 달려온 경찰. 사이렌 소리. 무슨 일인지 구경하려고 모인 사람들. 스마트폰을 들이대는 사람도 있어서 나도 모르게 얼굴을 숨겼다.

경찰서에서 어떻게 된 일인지 물어서 솔직히 대답했다. 가격을 걸고 일러스트를 팔지 않아 불행 중 다행이었다. 허가 없이 공원에서 그런 짓을 했다면 죄를 물을지도 모른다.

'초상화에 대한 사례'에 대해서는 당연히 털어놓을 수밖에 없었다. 위험하지 않을까 걱정했는데 그쪽이 얼마라고 가격을 제시하지는 않았으니까. 그쪽은 '사례'라고 말했을 뿐이었다. 사례니까 어쩌면 현금이 아니라 어떤 물건으로 주려고 했을지도 모른다. 현금보다 물건 쪽이 죄도 가벼울 것 같다. 그래, 이렇게 밀고 나가려고 머리를 열심히 굴리며 생각했는데, 의외로 깊이 캐묻지 않아 안심했다. 사치코는 훌쩍이느라 제대로 말하지 못해서 주로 내가 대답했다. 경찰관은 우리가 안쓰러운지 말투가 부드러웠다.

가족에게 연락해야 하니 연락처를 알려달라고 했다. 울음을 그쳤던 사치코의 얼굴에서 또 핏기가 사라졌다.

"괘, 괜찮아요. 혼자 갈 수 있어요."

말끝이 떨렸다.

"아니, 그럴 순 없어. 미성년자니까 부모님께도 경위를 설명해야지."

사치코가 내 팔을 꽉 붙잡았다. 사치코는 이 일을 가족에게 들키기 싫은 것이다. 우리 잘못은 없지만 그래도 가족에게 알려지면 점점 더 집에 있기 힘들어질 테니 걱정이 되나 보다. 하지만 우리 둘 다 부모님 연락처를 적을 수밖에 없었다. 엄마는 아직 일하는 중일 텐데. 엄마를 힘들게 해버렸어, 어쩌지. 그렇게 생각하자 비로소 눈물이 나왔다.

나는 왜 맨날 이럴까. 뭔가 해보려고 하면 결국엔 한심한 결말만 기다린다.

"괜찮아. 어머니가 데리러 오시겠대."

전화를 걸어준 여자 경찰이 등을 쓸어주었다. 사치코 쪽은, 어머니 휴대폰에 전화를 걸었는데 지금 일이 있어서 도저히 올 수 없다고 말했다고 한다.

잠시 후.

"하나! 하나미! 어딨니, 어디 있어!"

익숙한 목소리가 복도에서 들렸다. 노크도 없이 문이 거칠게 열리더니 엄마가 우당탕 들어왔다.

"하나, 어디 아프진 않아? 다친 데 없니?"

내 몸 여기저기를 손으로 더듬어 확인하고 마지막에는 와락 끌어안았다.

"무사해서 다행이다."

지저분한 작업복을 입고 얼굴도 땀과 먼지 범벅인 걸 보니, 아마 정신없이 뛰어왔을 것이다. 너무 미안해서 또 울고 싶어졌다.

"어디 있어? 그 범인 놈 어디 있어? 에잇, 사형이야, 사형! 그전에 한 방 후려갈겨줄 테다!"

"자자, 어머니, 진정하세요. 이렇게 무사하니까요. 이번 사건은 구내에서 발생한 '말 걸기 사안*'으로, 지금부터 조사해서 적절한 조치를……."

"뭐요? 말 걸기? 뭔 맹탕 같은 소릴 하고 있어? 자칫했다가는 큰일 날 뻔했잖아요."

정말 그렇다. 범죄가 되는가 되지 않는가는 종이 한 장 차이다. 우리는 운이 좋았다.

"호된 일을 겪었어. 가엾어라."

엄마가 내 팔을 쓰다듬었지만, 진짜로 호된 일을 겪은 쪽은 그 아저씨다. 있는 힘껏 깨물었으니까.

사치코의 어머니가 도저히 오지 못한다고 해서, 엄마가 사치코도 집까지 데려다주기로 했다. 사치코도 나도 자전거를 공원의 자전거 보관소에 두고 왔으니 일단 셋이서 가지러 갔다가 집으로 향했다. 사치코의 집에 먼저 들렀다가 우리 집에 가기로 했다.

"사치코, 어머니는 일하시니?"

엄마가 뒤에서 쫓아오는 사치코를 돌아보고 물었다.

"어, 아니요. 오늘은 가족끼리 백화점에 가서서요."

"응? 가족끼리?"

---

* 声かけ事案. 길에서 모르는 사람이 길 안내 등의 구실로 아이나 젊은 여성 등에게 말을 걸어 불안감을 주는 행위. 반드시 범죄 행위로 간주되지는 않으나, 강력 범죄의 미수로 의심되는 사안이 적지 않다.

"네, 여동생이 살 게 있어서요. 여름옷 같은 거요. 할아버지랑 할머니랑 부모님이랑 여동생이 같이요."

"사치코는? 왜 같이 안 갔어?"

"저, 저는 살 게 없거든요. 여름옷도 다 있으니까."

사치코가 발치로 시선을 내리고 입술을 깨물었다.

"그러니?"

선선한 저녁 바람이 불었다.

"아, 배고프네. 사치코, 저녁은 어떻게 하니?"

"어, 도시락을 사다 주신대요, 백화점 식품매장에서. 엄마가 오실 때요."

"그래? 그래도 크로켓 하나쯤 먹어도 저녁 먹을 수 있지? 저기 가스가 정육점의 크로켓이 맛있거든. 백화점 식품매장보다는 못하겠지만 이 동네에선 최고야. 하나는 민스 커틀릿을 좋아해. 그것도 최고로 맛있단다."

민스. 고기.

그 순간 왠지 모르겠지만 아저씨의 팔을 깨문 감촉이 입 안에 생생하게 느껴졌다. 으엑. 기분 탓인지 짠맛도 난다. 반소매라 치명적이었다. 아니지, 그러니까 상대에게 먹혀들었겠지만. 그런데 그 아저씨한테 이상한 병이라도 있으면 어쩌지? 나 죽을지도 몰라.

갑자기 불안해졌다.

"어, 엄마. 어떡하지?"

"뭐가?"

전말을 설명했다.

"뭐야? 그런 거로 죽으면 엄마는 백 번은 죽었겠다!"

엄마의 대답에 그제서야 사치코도 미소를 보였다. 그래도 기분이 나빠서 낮에 사치코에게 받은 페트병 녹차로 입을 헹궜다.

"저기요, 민스 커틀릿 세 개 주세요. 번거로우시겠지만 바로 먹을 거라 각각 봉투에 넣어주시고요. 그리고 돈가스 세 개, 이건 포장이요. 아, 하나는 히레가스로 주세요."

오늘 저녁은 돈가스구나. 히레가스 하나는 다쓰요 씨 몫일 것이다. 안심으로 만들어 더 부드럽고 지방이 적다.

근처 공터에 자전거를 세우고 셋이서 민스 커틀릿을 먹었다. 갓 튀겨서 맛있었다. 고기의 농후한 맛으로, 아저씨를 물어 더러워진 입을 씻으려고 볼이 터질 듯이 깨물었다. 사치코도 "맛있어요, 진짜 맛있어요"라며 입술에 번들번들 기름을 묻혀가며 먹었다.

사치코의 집 앞까지 갔는데, 집은 어두컴컴했다.

"괜찮겠어?"

"응, 오늘은 고마웠어. 학교에서 보자."

사치코가 가방에서 열쇠를 꺼내 문을 열고, 들어가기 전에 우리를 향해 손을 흔들었다. 집에 불이 켜지는 것까지 보고 엄마와 다시 걸음을 옮겼다.

  우리 연립주택이 보였다. 우리가 사는 일층 방에 불이 켜졌다. 다쓰요 씨가 집에 있나 보다.
"집에서는 얘기하기 그러니까 잠깐 괜찮지?"
엄마가 연립 조금 앞에서 걸음을 멈췄다.
"응."
"대략적인 얘긴 들었는데, 초상화를 그려줬다가 대금 때문에 옥신각신했다고?"
"대금 때문에 옥신각신은 아니고……. 그 아저씨가 초상화를 그려달라면서 사례한다고 했는데, 다 그렸더니 지갑을 차에 두고 왔으니까 같이 가지러 가자고 했어. 그래서 갔더니 이번에는 차에도 지갑이 없다는 거야. 집에는 있으니까 차에 타랬어."
엄마가 짧게 한숨을 쉬었다.
"세상에는 진짜 나쁜 사람도 있으니까 조심해야지. 그나저나 왜 그랬니? 뭐 갖고 싶은 거 있어? 엄마한테 말하면 돈 줬을 텐데."
고개를 저었다.
"내가 쓰려는 게 아니야. 다쓰요 씨…… 빚이 있다고 하니까 조금이라도 더 보태려고 했어. 매달 보내는 돈만큼 주면 자기 집에 돌아갈 것 같아서."

"그 사람이 얼른 갔으면 좋겠니?"

"꼭 그런 건 아니야. 하지만 그 사람이 있으면 엄마가 괴로워 보여. 그런데 또, 사실은 조금이라도 좋으니까 관계가 나아지면 좋겠어."

엄마가 고개를 숙였다.

"미안해. 길고 긴 세월 동안 이렇게까지 엇갈렸으니까 쉽게 나아지진 못할 거야. 그 사람도 나이를 먹은 탓인지, 저래 봬도 지금은 그나마 둥글둥글해진 건데 예전에는 성질도 급하고 심각한 기분파여서 힘들었어. 자기 마음에 안 들면 폭력까지 썼고, 전혀 봐주지 않았어.

한번은 밤에 맨발로 쫓겨났어. 초등학교 2학년 때였나. 특별한 이유도 없었어. 분노 스위치가 대체 어디 있고 언제 눌리는지 도무지 짐작이 안 가니까 더 무서운 사람이었어. 그때도 갑자기 속이 뒤틀렸는지, 사소한 일로 기분이 상했던 모양이야. 쩝쩝거리며 음식 먹는 소리가 싫었거나 뭐 그런 거였겠지. 어쨌든 갑자기 화를 내더니 나를 마당으로 내쫓았어.

울며 빌었지. 빌 이유가 없었지만 용서받고 싶어서 필사적이었어. 짐작 가는 건 없어도 이렇게까지 화가 났다면 내가 틀림없이 나쁜 짓을 했을 테니 정신없이 빌었어. 죄송해요, 죄송

해요, 용서해주세요, 입에서 나오는 대로 잘못했다고 빌었어. 그런데 그게 더 화를 부채질했는지, 다리에 매달린 나를 걷어차더라. 나는 구르다가 벽에 세워둔 사다리에 부딪혔는데 그게 그 사람 쪽으로 쓰러졌어. 아슬아슬하게 몸을 피해서 어깨를 스친 정도였는데, 눈을 이렇게 찢고는 '이 새끼가!' 하고 내 위에 올라타서 후려쳤어. 그야말로 귀신같은 형상이었어. 사람도 마음에 귀신이 깃들면 진짜 귀신같은 얼굴이 돼. 이미 사람 얼굴이 아니야. 어둠 속에서 본 그 얼굴은 귀신 그 자체였어. 이러다 죽겠다 싶었지.

어떻게든 도망쳐서 정신없이 뛰었어. 시골 들길을. 가로등 하나 없었지만 보름달에 가까운 달이 떠서 그나마 다행이었지. 마을에서 떨어진 절까지 뒤도 안 돌아보고 달렸어. 간신히 절의 공동묘지에 도착해서야 마음이 놓였어. 그 사람은 평소에도 공동묘지는 불길하다고 낮에도 멀리 돌아서 다녔을 정도여서 여기까진 쫓아오지 않을 테니까.

공동묘지인데도 하나도 안 무섭더라. 아까 어둠 속에서 본 귀신에 비하면. 오히려 달빛을 받은 하얗고 까만 묘비가 예뻐서 넋을 잃고 쳐다봤어. 그 시절에는 시신을 땅에 직접 묻어서 봉긋한 무덤에 풀이 자랐는데, 그중에서도 성묘하러 오는 사람이 잘 없는 무덤은 풀이 빽빽했거든. 거기 벌러덩 누우니까 하늘에 별이 가득하더라. 시골에 살았지만 그때처럼 별을 의식하고 본 건 처음이었어. 가끔 별똥별도 떨어졌는데 누가 죽었을 때 별똥별이 떨어진다는 소리를 들은 적이 있어서 지금 누가 죽었겠구나, 혹시 내가 여기에서 이대로 죽으면 내 별이 떨어지는 걸 볼 수 있을까, 이런 생각을 하다가 깜박 잠이 들었어. 여름이었으니까 망정이지 겨울이었으면 그대로 죽었을 거야.

  다음 날 아침에 절에 계신 분이 나를 발견해서 집까지 데려다줬는데, 그 사람은 어젯밤 아무 일도 없었다는 얼굴로 '어머나, 일부러 고마워요. 얘도 참, 아침 일찍 일어나서 벌레를 잡으러 가겠다고 하도 말을 안 듣고 고집을 부려서 내보냈더니 피곤해서 잠들었나 보네요. 수고를 끼쳐서 미안해요. 고맙습니다'라고, 생글생글 웃으며 켕기는 것 하나 없는 목소리로 말하더라. 듣는 나까지 내가 그랬나 착각할 정도여서, 어젯밤에 본 귀신 얼굴은 꿈인가 생각하고 마음 놓고 집에 들어갔더니, 절 사람이 안 보일 때까지 기다렸다가 휙 돌아본 그 얼굴이 또 귀신이었어.

  그 귀신이 '이 새끼가 부모 얼굴에 먹칠을 해?'라며 주먹을 날리는데 눈이 번쩍하고 머리가 어질어질했어. 아프기보다도 뜨겁고 무거웠어. 욱신거리는 아픔은 나중에 와. 처음 느껴지는 건 열기와 무게감이야. 뜨겁게 데운 누름돌을 정수리에 떨어뜨린 것 같은 충격이었어. 그래서 내가 멍청해졌을 거야. 이어서 이러더라. '넌 정말 쓸모없구나. 죽을 거면 남들 눈에 안 띄는 곳에서 죽고 와.' 머리가 아픈 것보다 그 말이 더 아팠어. 그런 일이 수없이 반복됐어.

그래도 꽤 오랫동안 그 사람한테 사랑받는 환상을 버리지 못했어. 역시 난 멍청하다니까. 언젠가는 분명 다른 애들처럼 부모에게 사랑받을 수 있다고 믿었어. 따사로운 정을 나누는 모녀 사이가 될 수 있다고 믿었어. 하지만 셀 수 없을 만큼 배신당하고 실망하다가 어른이 된 후에야 간신히 모녀 관계를 포기할 수 있었어.

그 사람은 내가 가장 애정을 원하던 시기에 애정을 주지 않았어. 아무리 갈망하고 울고불고 빌어도 절대 주지 않았어. 그래도 화해할 수 있을 것 같은 조짐이 몇 번은 있었는데, 우린 그걸 다 놓쳤어. 인제 와서 어쩔 도리가 없어.

그 사람한테 딱 한 가지 배운 게 있다면, 내 자식에게만큼은 그 사람이 한 짓을 절대로 하지 않을 것이고 그 사람이 해주지 않은 것을 해주겠다고 맹세한 거야."

엄마가 내 손 위에 자기 손을 겹쳤다.

"자, 집에 들어가자. 배고프지?"

다쓰요 씨는 방 한가운데 누워 텔레비전을 보고 있었다. 서로 다녀왔습니다, 어서 와라, 같은 말도 나누지 않는다. 다쓰요 씨는 엄마를 힐끗 보기만 하고 다시 텔레비전으로 시선을 돌렸다. 나도 방금 그런 이야기를 들은 뒤여서 말을 걸고 싶지 않았다. 이쪽을 향한 다쓰요 씨의 둥글게 말린 등이 너무 작고 불안정해 보였다.

엄마는 묵묵히 저녁을 준비했고, 돌아오는 길에 산 돈가스를 데워서 식탁에 놓았다. 다쓰요 씨 앞에는 히레가스를 놓았다. 히레가스는 등심과 달리 동그라니 다쓰요 씨도 자기 것만 다른 줄 알 것이다. 그런데도 둘 다 아무 말도 없다. 텔레비전 뉴스를 보며 침묵 속에서 밥을 먹는다. 중간에 아동 학대 뉴스가 나와서 흠칫했는데, 둘 다 표정 하나 달라지지 않았고 젓가락을 움직이는 속도도 똑같았다.

정말로 이미 늦었을까, 화해하기에는……? 겐토의 말이 떠올랐다.

부모를 싫어하는 자식도 있고, 자기 자식을 도저히 사랑하지 못하는 부모도 있어.

그래도 나는 바라게 된다. 엄마는 궁핍하게 살면서도 돈을 보냈고, 오늘도 다쓰요 씨를 위해 일반 돈가스보다 조금 비싸지만 부드러운 히레가스를 샀잖아. 그건 다 조금이라도 다쓰요 씨를 생각하는 마음이 있기 때문이다. 다쓰요 씨도 진심으로 싫다면 일부러 여기까지 왔을 리가 없다. 아무리 돈을 뜯어내려는 이유가 있어도.

이렇게 생각하려는 나는 역시 단순한 걸까?

저녁을 먹고 다쓰요 씨가 제일 먼저 목욕하러 간 사이에 엄마에게 물었다.

"저 사람도 옛날 일을 반성하지 않을까? 자기가 잘못했다고 말야."

"설마. 그럴 사람이 아니야. 절대 스스로를 돌아보지 않는 사람이거든. 그러니까 이렇게 지금까지 살아남았지. 자기가 한 짓이 얼마나 큰 죄인지 깨달았으면 우리 앞에 도저히 못 나타났을걸."

"그런가?"

목욕탕에서 다쓰요 씨의 속 편한 콧노래가 들렸다. 엄마는 한숨을 쉬면서도 다쓰요 씨의 요를 깔고 시트의 주름을 폈다.

다음 날은 일요일이어서 엄마도 쉬는 날이었다. 평소보다 느지막하게 아침을 먹은 뒤, 엄마가 서랍에서 봉투를 꺼내 다쓰요 씨 앞에 놓았다.

"늦었지만 이거. 석 달분 다 넣었습니다. 확인해보시죠."

무표정하게 남 대하듯 말하는 엄마. 입을 꾹 다물고 묵묵히 봉투 안을 확인하는 다쓰요 씨. 우스꽝스러운 촌극을 보는 것 같았다.

"그래, 확인했다."

감정 없는 목소리로 대답했다.

"그럼 언제든 나가요. 두고 가는 물건 없게 챙기고. 나는 잠깐 볼일 있어서 나갈 거니까."

"오냐, 그러마."

마지막까지 눈도 안 마주치고 말했다.

어? 뭐가 어떻게 된 거야? 엄마는 방금 말한 대로 늘 가지고 다니는 가방을 등에 메고, 나한테 "뭐 좀 사러 다녀올게"라고 말하고는 집에서 나갔다. 다쓰요 씨도 자기 천 가방에 봉투를 넣고 가볍게 몸을 일으켰다.

"그럼."

집에서 나가려고 했다.

"어, 자, 잠깐만요."

어쩔 줄 모르는 사이에 다쓰요 씨는 현관에서 척척 신발을 신더니 문을 열고 나가버렸다.

이걸로 좋아? 이걸로? 가더라도 뭔가 조금은 더…….

도저히 가만히 있을 수 없어서 허둥지둥 뒤를 쫓았다. 연립이 면한 골목 저 앞에 다쓰요 씨의 뒷모습이 보였다.

"잠깐만요. 잠깐만 기다려주세요."

다쓰요 씨가 걸음을 멈추고 돌아보았다.

"뭐냐?"

"진짜 가실 거예요?"

"당연하지. 용건은 끝났으니까."

"집에 돌아가세요?"

"흠, 돌아갈 집은 없지만."

"네?"

"그 애한테 말 전해줄래? 예전 주소에는 이제 안 산다고."

"그럼 앞으로 어쩌시려고요?"

"더워졌으니까 시원한 곳에라도 갈까."

태연자약하게 말했다.

"그리고 그 애한테 이 얘기도 전해줘. 돈은 그만 됐다고. 빚도 다 갚았으니까. 그러니까 그만 됐다고 말이다. 그럼 잘 지내라. 공부 열심히 하고."

"아, 잠깐만요. 아직 더 듣고 싶은 얘기가 있어요."

다쓰요 씨의 손을 붙잡았다. 엄마와 마찬가지로 거칠고 울퉁불퉁한 손이다.

"뭔데?"

다쓰요 씨가 고개를 갸웃거렸다.

"저, 저기, 저를 처음 봤을 때 하나도 안 닮았는데 그게 당연하다고 하셨죠? 그거 무슨 뜻이에요?"

"내가 그런 말을 했어?"

"하셨어요."

"음, 이런 거야. 내 손주라면 이렇게 착한 아이일 리 없다고 생각했어. 내 손주라면 우선 여기 있지도 않아. 소년원에 처박혀 있을 게 뻔해. 그러니까 못 믿겠다는 뜻에서 한 말이야."

"그러면 그건!"

말하려다가 입을 다물었다. 교도소의 침구가 어떤지 엄마는 알고 있다는 그 말에 대해서도 묻고 싶었지만 내 마음이 '안 돼, 그러지 마'라고 외쳤다.

"뭐야, 또 있어?"

"머, 머물 곳은 있으세요? 어디든."

갑자기 '머물 곳'이라는 단어가 나온 것은 사치코가 떠올랐기 때문이다. 사치코는 머물 곳이 없다고 했다. 이 사람에겐 있을까? 어딘가에.

"머물 곳? 머물 곳이라. 나한텐 그런 건 처음부터 없었어. 이 세상 어디에도. 태어났을 때부터."

"그게 무슨……."

"그래도 덕분에 끈질기게 버텼지. 어디에서든. 신이 나를 아무리 방해꾼 취급해도 '멍청한 놈아, 나는 살아 있다고'라고 외치면서."

"하지만……."

"걱정 마라. 아니, 안 하겠지? 아쉬운 사람일수록 일찍 죽는다는 말이 있잖아. 그렇게 따지면 나는 오래 살 거야. 삼백 살쯤 살려나? 욕을 먹을수록 오래 산다는 말처럼 이 밉살스러운 할망구는 세상의 미움을 받으니까. 잘 들어라. 나를 용서하지 않아도 돼. 나는 용서를 바랄 자격도 없는 인간이야. 지금처럼 계속 미워하면 돼."

"하지만 그러면 쓸쓸하잖아요? 앞으로도 혼자면 쓸쓸하지 않아요?"

"쓸쓸하다고?"

다쓰요 씨가 히죽 웃더니 검지를 세워 하늘을 가리켰다.

"태양은 언제나 외톨이야."

그렇게 대꾸하고 내 손을 뿌리치려고 했다.

"자, 잠깐만요. 아직……."

다쓰요 씨의 손에 계속 매달렸다.

"그럼 엄마 이름은요? 마치코라는 이름은 누가 지었어요?"

"이름? 아아, 내가. 그 애가 태어났을 때는 벅차게 기뻤으니까. 나한테는 말 그대로 천금 같은 아이라고 생각해서 지었어.* 나한테는 과분한 아이니까. 믿지 못하겠지만 사실이야."

"그러면, 그러면 왜?"

"아마 나한테 인간으로서 중요한 뭔가가 크게 결여됐기 때문이겠지."

그 말을 마치고 다쓰요 씨가 피식 웃었는데, 순간 울음을 터뜨리는 것처럼 보였다. 다쓰요 씨의 손을 붙잡은 손에 나도 모르게 힘을 줬다.

---

* 마치코(真千子)는 참 진, 일천 천, 아이 자 자를 쓴다.

"부탁이 하나 있는데······."

다쓰요 씨가 나와 눈을 맞추며 말했다.

"무슨 부탁이요?"

"사진을 주지 않겠니? 하나미, 네 사진 말이다. 나는 한 장도 없거든."

"아, 네. 사진이요?"

"그래. 어떤 거든 좋으니까."

"사진이 있나? 요즘은 엄마 휴대폰으로 찍으니까 현상한 사진이 별로 없어서요."

"음, 그때 찍었잖아? 초등학교 졸업식 때, 교정에서 많이 찍었지?"

"어, 어떻게 아세요? 혹시 보러 오셨어요? 그날 졸업식 날에요."

"멀리서 그냥 보기만 했어. 괜찮아, 다른 사람한테 안 들켰으니까."

봄날이 떠올랐다. 연파란색 하늘. 따사로운 햇살. 그래, 졸업식을 마치고 교정에서 분명 사진을 찍었다. 기도 선생님이랑 미카미랑. 이 사람은 보러 와줬구나.

"기다려주세요. 얼른 가지고 올게요. 꼭 여기서 기다려야 해요. 금방 올 거니까."

서둘러 방으로 들어가 책상 서랍을 뒤졌다. 있다. 가스 회사에서 보낸 카탈로그가 들었던 커다란 봉투에 매직으로 '사진·하나미·졸업식'이라고 적혀 있었다.

안에는 울먹이는 표정인 기도 선생님과 찍은 사진, 미카미까지 함께 셋이서 찍은 사진, 마리에와 미키와 찍은 사진, 엄마와 둘이서 찍은 사진, 나 혼자 찍은 사진도 있었다. 기도 선생님과 찍은 사진은 기각. 내 독사진과 엄마랑 찍은 사진, 미카미와 찍은 사진까지 세 장을 고르고, 봉투에라도 넣을까 했으나 찾을 시간이 없어서 그냥 손에 들고 뛰어나왔다.

없다.

조금 전까지 대화를 나눴던 그곳에 다쓰요 씨는 없었다. 어째서? 어째서? 골목 저 끝, 반대 방향, 건물 아래, 공원, 주차장. 한참을 뛰어다니며 찾았다. 심장이 부서질 듯이 아팠다.

"다쓰요 씨, 다쓰…… 하, 할머니!"

순식간에 눈물이 터졌다.

"할머니이! 할머니이!"

아스팔트 위에 무릎을 꿇고 고개를 떨궜다. 움켜쥔 손안에서 사진이 마구잡이로 구겨졌다.

"할머니……."

눈물이 사진 위로 떨어졌다.

"하나?"

고개를 들자 겐토였다.

"무슨 일이야?"

겐토의 얼굴을 보자, 목 안쪽이 경련하는 것처럼 꿈틀거리며 울음이 북받쳤다.

"할머니가, 할머니가!"

겐토가 달려와 나를 안아 일으켰다. 겐토의 얇은 가슴에 기대 또 울었다.

근처 공원에서 겐토와 나란히 벤치에 앉았다. 겐토는 내 얘기를 들으며 주름 잡힌 사진을 손으로 펴주었다.

"왜 일부러 미움받을 소리를 하고 그런 행동을 할까?"

"그렇게밖에 살 수 없는 인간도 있어."

겐토가 주름 편 사진을 내게 건넸다.

"이것도 일부러 두고 갔을지도 몰라. 받으면 다 끝나니까 여지를 남겨둔 거 아닐까? 언젠가 또 올 때를 위해서."

"그럴까?"

"그럴 거야."

우리는 입을 다물었다. 침묵이 이어졌는데 신기하게 어색하지 않았다.

"이야, 오늘은 덥겠다."

겐토가 하늘을 올려다보았다.

"이글이글 햇볕이 내리쬐는 한여름 태양은 싫지만 겨울의

연약하고 부들부들한 빛은 좋아하고 또 고맙기도 해. 똑같은 태양인데. 사람은 결국 태양 없이는 살 수 없어."

겐토가 눈부신 듯이 눈을 가늘게 떴다.

집에 돌아오니 엄마가 있었다. 문을 잠그지 않고 나가서 뜨끔했다. 누가 들어오거나 하진 않았겠지? 방에서 구수한 냄새가 가득 났다. 엄마가 떡을 구워 먹고 있었다. 팥소를 듬뿍 얹어서.

"좋은 일도 있었어."

"어?"

엄마는 갑자기 꺼낸 말을 그대로 반복했다.

"싫은 일만 있었던 건 아니야. 좋은 일도 있었어. 초등학교 1학년 때, 그 사람이 처음으로 동네 축제에 데려가줬는데, 그것만으로도 기쁜데 포장마차에서 파는 떡을 사줬어. '팥이랑 콩가루랑 김 중에 뭐가 좋니?'라고 다정하게 묻기까지 했어. 나는 팥을 골랐어. 그 사람이 나한테 뭐가 사준 건 처음이어서 기뻤어. 맛있었고. 그때 그 사람이 '떡은 신이 드시는 음식이니 특별하단다. 힘이 날 거야'라고 말했어. 맛있냐고 물어서 그렇다고 대답하니까 자기 몫까지 나한테 줬어. 정말 맛있었어. 좋은 일도 있었어. 그러니까 괜히 더 힘들어. 괴로워져."

엄마가 쿵쿵 코를 훌쩍인 뒤, 사발에 거의 고개를 박고서 팥소 얹은 떡을 먹었다.

그날 밤, 할머니가 남기고 간 꽃무늬 침구 중에서 나는 요를, 엄마는 이불을 각각 썼다. 역시나 기분 좋았다. 은은하게 할머니 냄새가 남은 것 같았다.

돌아갈 집이 없다고 한 할머니. 지금쯤 어디에서 자고 있을까. 풀이나 모래 위는 부디 아니기를.

시원한 곳에 간다고 했었지. 타들어가는 여름에는 잠깐이라도 좋으니 할머니에게 시원한 바람이 불면 좋겠다. 얼어붙는 겨울에는 잠깐이라도 좋으니 따뜻한 햇볕이 내리쬐면 좋겠다. 그런 생각을 하면서, 그렇게 소원을 빌면서 잠들었다.

월요일. 신문과 텔레비전 뉴스를 주의해서 살폈는데 토요일에 공원에서 벌어진 사건은 어디에도 실리지 않았다. 세상이 보기에는 뉴스감도 안 되나 보다.

"안녕? 그 후에 어땠니, 가족들은?"

학교에 도착하자마자 곧바로 사치코에게 가서 목소리를 낮춰 물었다.

"아아, 응. 경찰이 건 전화를 엄마가 받았다보니 다른 가족한테는 말 안 했대. 그러니까 우리 집에선 없었던 일이야."

"어? 그래도 돼?"

"그래도 되는 게 아니라 그게 낫지. 그 할아범이랑 할망구가 알면 또 무슨 소리를 할지 모르니까. 우리 계획을 알면 막으려고 할지도 몰라."

"그 계획은 아직 지속하는 거야?"

"당연하지. 겨우 그 정도로 좌절할 각오라면 시작하지도 않았어. 첫 시도는 빗나갔지만 어려운 목표를 달성하려면 실패는 당연히 따라와. 아니지, 실패가 아니야. 그 방법이 잘 통하지 않는다는 걸 발견했으니까. 비슷한 말을 에디슨이 한 것 같아."

"그래?"

"그러니까 다른 방법을 생각할래. 분명 길은 얼마든지 있을 테니까."

"그렇게 서둘러서 실행하지 않아도 되잖아? 아직 중학교 1학년인걸."

"아니야, 서두르는 편이 좋아. 백 점을 목표로 하면 보통 팔십 점을 받잖아? 팔십 점을 노리면 대체로 육십 점에 그치고. 그러니까 중학교 졸업과 동시에 집을 나오겠다고 계획해도 결국 고등학교를 졸업할 때가 될 거야, 아마도. 그러니까 지금부터 준비해야 딱 좋아."

"과연."

전혀 충격을 받지 않은 사치코를 보며 안심했다.

종이 울리고 담임 선생님이 들어왔다. 지리를 가르치는 젊은 남자 선생님이다. 월요일 조례는 평소보다 조금 길다. 선생님이 새로운 한 주의 전달 사항을 전한 후였다.

"지역 경찰서에서 제공한 정보가 있는데."

경찰이라는 말에 깜짝 놀랐다. 설마.

"지난 토요일, 아시타야마 공원에서 공립 중학교 1학년 여학생 둘에게 오십 대 남자가 말을 걸고는 교묘하게 속여서 주차장까지 데리고 가 차에 태우려고 한 사건이 발생했다고 합니다."

교실 여기저기에서 "꺅!" 하고 기겁하는 소리가 들렸다. 내 자리에서 대각선으로 세 열 앞쪽에 앉은 사치코의 등이 마치 굳은 것처럼 보였다. 설마 지금 여기서 언급될 줄이야. 게다가 '사건'이라고 제대로 인정했다.

"그 남자가 여자 중학생 둘을 유괴하려고 꺼낸 말이 '돈을 줄 테니까 주차장까지 같이 가자. 지갑이 차에 있으니까'였다고 하는군요."

또 일제히 웅성거렸다. 이야기가 많이 생략되어서 놀랐다. 사치코는 등을 둥글게 말고 고개를 숙이고 있었다.

"그런 소리를 들었다고 쫄래쫄래 따라간 애들도 잘못한 거 아냐? 자업자득이야."

"요즘은 초등학생도 안 따라가. 모르는 사람이 말을 걸면 가지 말고 거부하고, 큰 소리를 지르면서 얼른 도망쳐 신고하라고 얼마나 많이 배우는데."

뒤와 옆에서 그런 말이 들렸다.

"여중생 한 명이 남자에게 팔을 붙잡혀서 억지로 차에 태워질 뻔했으나 다른 여중생이 남자의 팔을 물었고, 순찰중이던 경찰이 비명을 듣고 현장에 온 덕분에 무사했다고 합니다."

선생님의 말에 이번엔 "기분 나빠! 그딴 아저씨 팔을 깨물다니 죽어도 싫어. 아니, 그 여자애도 난폭하잖아. 미친개 아냐?"라고 다이라라는 남자애가 외쳐서 다들 웃었다.

"그 여자애 두 명, 제4중학교 애들일 거야. 여자애 중에 화려하게 꾸미고 다니는 애들이 있대. 제4중학교에 다니는 사촌한테 들었어. 날라리 같은 두 명이라더라."

옆자리에 앉은 후쿠치가 미간을 찌푸리고는 진지하게 속삭였다.

"그, 그래?"

화려한 날라리 둘이서 토요일 오후에 유아용 놀이기구밖에 없는 아시타야마 공원에 갈까? 이 의문은 굳이 말하지 않기로 했다. 이번 일은 자폭할 수 있는 안건이니까 함부로 건드리지 않는 편이 좋다고 판단했다.

사치코가 잠깐이라도 나를 돌아볼 줄 알았는데, 사치코의 고개는 고집스럽게 움직이지 않았다.

태양은 외톨이 135

"어휴, 놀랐다. 아침 일찍부터 그런 얘기를 들을 줄이야."

사치코가 기지개를 켜며 말했다.

점심시간. 급식을 먹은 후, 사치코와 함께 옥상에 갔다. 요즘은 옥상 문을 잠가서 들어가지 못하게 하는 학교도 많다는데 우리 학교는 아니었다. 단, 사방을 절대 오르지 못할 높은 철조망 펜스로 둘러쳤다.

"그러니까. 그래도 학교에선 그 여자 중학생 두 명이 우리인 줄 모르는 것 같아. 그런 건 그 학교 학생이 연관되어도 학교에는 알리지 않나 봐."

"흠, 어떤 사건인지에 따라 다르지 않을까? 도둑질이면 학교에도 연락할 것 같은데."

"우리는 피해자니까."

"그렇지. 그런데 그런 공원에도 위험한 밝힘증 아재가 있을 줄은 몰랐어. 번화가에나 있을 줄 알았지."

"인생 도처에 밝힘증 아재 있을지니. 밝힘증 아재, 범죄자는 장소를 가리지 않네. 절대 방심하지 말지어다."

"하나 선생님, 대단하신데요?"

사치코가 손뼉을 쳤다.

"헤헤, 대단할 것까지야. 그런데 아침에 선생님이 한 말, 세세한 부분을 생략하니까 되게 달라진다. 마치 우리가 돈에 낚여서 밝힘증 아재를 좋다고 따라간 것처럼 들려서 놀랐어. 사실은 아닌데. 그런 일이 종종 있을 것 같아. 보도되는 사건이나 뉴스도 어떻게 자르고 붙이는지에 따라 사람들이 받아들이는 방식이 전혀 달라진대.

초등학교 때 선생님이, 우리가 매일 접하는 정보도 의도적으로 조작해서 만들어낼 수 있으니까 자기 눈으로 보는 게 제일 중요하다고 그랬는데 그 얘기가 생각나더라."

"좋은 말을 했다, 그 선생님."

"응, 그렇지."

옥상에서는 내가 졸업한 초등학교의 하얀 건물이 보인다. 네모난 철조망 너머를 바라봤다. 잘리지만 않았다면 기도 선생님은 아직 저 학교 교단에 서 있을 것이다. 지금도 환생이나 패러렐 월드 같은 이야기를 아이들한테 해줄까?

엄마는 오늘 쇼와마치 쪽 현장에서 일한다고 했다. 저 강 너머다.

거기에서 조금 시선을 돌리면 내가 사는 연립주택이 있다. 여기에서는 안 보이지만. 겐토는 일어났을까? 가끔 오후 늦게까지 잘 때도 있다. 해님은 벌써 하늘 높이 떴는데.

그래, 어디에 있어도 태양은 딱 하나다.

아무리 멀리 떨어진 곳에 있어도 같은 태양이다. 할머니는 어디로 지는 저녁놀을 볼까. 산 너머, 땅끝, 강가, 빌딩 사이, 혹은 바다…….

"와, 날씨 좋다. 곧 여름이야. 나는 여름에 태어났어. 아빠는 나를 기억할까? 기억해줄까?"

사치코가 이마에 손을 올려 빛을 가렸다. 그 아래에서 눈이 생생하게 빛났다.

"사치코."

"응?"

"태양은 언제나 외톨이야."

사치코가 살짝 고개를 갸웃거렸다. 그러고는 가리개로 삼은 손을 하늘을 향해 번쩍 들고 엄지를 세우더니 환하게 웃었다.

소명. 신의 은혜로움으로서 신께 부르심을 받는 것.

바로 그 소명으로 내가 여기 온 것임을 지금은 안다. 성직자가 되라는 신의 부르심을 받고 이 땅에 불려왔다.

하마다 선배가 말했다.

"신부는 직업이 아니에요. 삶의 태도지요."

신의 존재를 느끼며 신과 함께 걷는 인생, 그것이 신부라는 삶의 태도. 생각해보면 이 학교에 오게 된 것도 신의 인도였다.

지금 여기, 그 전부를 받아들인 내가 있다. 물질과 인간, 이 세상 모든 것을. 자연히 감사하는 마음이 샘솟는다. 순식간에 시야가 트였고 수많은 것을 깨달았다. 이 세상이 보였다.

주님, 깨닫고 보니 세상은 이토록 아름답습니다. 신의 사랑으로 저는 달라졌습니다. 너 자신을 소중히 여기듯이 타인 또한 소중히 여겨라. 너 자신도 타인도 단 하나뿐인 존재이므로.

주님, 저는 주님 덕분에 이 두 다리로 대지를 단단히 밟고 설 수 있습니다. 저는 당신 곁에서 함께 걷는 길을 선택했습니다. 결코 평탄한 길은 아니겠지요. 그러나 그 길을 걷기에 누리는 기쁨이 있을 것입니다.

모든 것은 주님 뜻대로.

열두 살 봄에 나는 신께 모든 것을 바치는 인생을 살겠다고 결심했다. 신부가 되겠다고. 누군가는 이른 결단이라고 할지도 모른다. 그렇지만 나와 한방을 쓰는 하마다 선배는 그보다 더 어렸을 때부터 성직자가 되겠다고 맹세했다고 한다.

하마다 선배는 기숙사 방을 같이 쓰는 중등부 3학년생이다. 학교 기숙사는 4인실로 운영되는데, 중학교 3학년 한 명, 2학년 한 명, 1학년 두 명으로 구성된다.

2학년 무라카미 선배는 애니메이션 오타쿠에 게임을 좋아해서, 우리 학교에 입학하기 전에는 게임에 푹 빠져 밤낮이 바뀐 채로 생활하는 게임 중독자나 마찬가지였다고 한다. 보다 못한 부모님이 반강제로, 전교생이 기숙사에서 생활하는 여기 야마나시의 가톨릭 스쿨에 입학시켰다. 우리 학교는 기본적으로 게임이나 컴퓨터 사용이 금지되어 있고(컴퓨터는 공부에 쓸 때만 사용 허가를 내준다), 스마트폰도 정해진 시간에 통화만 가능하고(그것도 미리 알린 연락처에만 할 수 있다) 그 외에는 기숙사 사감 선생님에게 맡겨야 한다. 무라카미 선배는 지금은 이 생활에 간신히 익숙해졌지만, 처음에는 게임을 못 하는 게 너무 괴로워서 자살까지 생각했다고 했다.

"하지만 죽으면 게임을 할 수 없잖아. 〈판타스틱 판타지〉의 엔딩을 못 본 채로는 도저히 못 죽겠더라."

게임이 무라카미 선배가 살아갈 동기가 되어준다면 그것도 나름대로 괜찮다고 생각한다. 그래서 무라카미 선배는 토요일 수업을 마치자마자 시즈오카에 있는 집으로 돌아가고, 학교에는 월요일 아침 1교시가 시작하기 직전에 온다. 주말 내내 게임 삼매경에 빠져서 집에서 떠나기 직전까지 플레이한단다. 일주일을 견딜 활력을 그렇게 얻는다고. 부모님도 일주일 동안 게임과 무관하게 지낸 보상으로 너그럽게 봐주신다고 들었다.

매일 시간을 정해서 게임을 하는 것과, 평일에는 게임을 일절 안 하는 대신 주말 내내 게임에 빠지는 것 중에서는 전자가 그나마 나을 텐데, 시간을 정한다는 것 자체가 어렵다고 한다. 가까이에 게임이 있으면 자제력을 잃고 정신없이 하게 된다나. 그래서 무라카미 선배의 부모님은 강제로라도 게임을 못 하는 환경에 몰아넣어 게임과 격리되는 날을 만들고, 그 대신

주말에는 해방해주는 수단을 선택했다. 실제로 주말에 귀가하기 직전의 무라카미 선배는 완전히 죽은 눈을 하고 사는데, '게임 파워'를 주입한 월요일 아침이면 생생하고 활기 넘치는 얼굴을 하고 돌아온다. 그리고 또 주말까지 서서히 마모된다.

같은 1학년생인 구보는 야마나시현에 집이 있어서 평일에도 시간이 있으면 외출 허가를 받아 집에 가고, 주말에도 당연히 매주 돌아간다. 그렇게 집이 좋으면서 왜 전교생 기숙사제인 학교에 다니나 싶은데 사람마다 사정이 있는 법이니 자기가 먼저 말하지 않는 이상 굳이 물어보지는 않는다. 이렇게 다른 사람을 배려할 줄 알게 된 것도 역시 이 학교 덕분이다. 그러니 지금은 감사하다. 나에게 이 학교를 알려준 엄마한테. 이 학교에 보내준 가족에게. 여기로 이끌어주신 신께.

같은 방의 네 명 중 두 사람이 주말마다 없다 보니 하마다 선배와 둘이서 지내는 시간이 필연적으로 길어졌다. 선배가 같이 가자고 해서 일요일 미사에도 가보았다. 처음에는 솔직히 내키지 않았다. 학교 부지 내의 예배당에서 하는 미사는 자유 참가여서 모처럼의 쉬는 날 아침부터 일부러 가는 학생은 많지 않았다. 하지만 앞으로 최소 일 년은 하마다 선배와 주말을 보낼 날이 많을 테니 따르기로 했다. 거절했다가 관계를 망치긴 싫었다. 그런 마음으로 참가한 첫 미사에서 나는 충격을 받았다. 신부님의 말씀 한 구절 한 구절이 모두 나를 위해 준비된 말처럼 마음 깊은 곳에 스며들었다.

신께서는 우리 한 사람 한 사람을 사랑해주십니다.

정신을 차리자 나는 눈물을 흘리며 자연스럽게 기도를 올리고 있었다. 기도는 누가 강요해서 하는 것이 아니라 신의 존재를 믿고 마음이 움직일 때 스스로 하게 되는 것이었다.

한 줄기 빛이 내 몸에 쏟아졌다. 그 순간, 내 안에서 무언가가 열렸다.

이어서 알아차렸다, 내가 여기에 있는 의미를. 나는 신의 소명을 받아 여기에 있는 것이다. 그때 음성을 들었다. 신의 음성을. 이 길을 걸어라. 지금 그대 눈앞에 열린 이 길을 걸어라.

하마다 선배의 부모님은 독실한 크리스천이어서 하마다 선배도 유아 세례를 받았다. 이 학교도 가족이 권하기도 했지만 그보다 자기 의지로 왔다. 신부가 되겠다고 이미 마음을 정하고 입학했다는 말을 들었을 때는 놀랐는데, 하마다 선배를 알면 알수록 선배처럼 성직자에 어울리는 사람은 없다는 생각이 들었다.

선배는 갸름한 얼굴에 인상 좋게 생겼고 은테 안경이 잘 어울리는 사람이다. 안경 렌즈 너머로 보이는 사려 깊고 맑은 눈동자, 차분한 말투, 냉정한 행동거지, 우수에 젖은 미소.

이 학교에서 신학의 길에 뜻이 있는 학생은 고2 때까지는 다른 학생들과 마찬가지로 기숙사 생활을 하지만, 3학년이 되면 부지 내 수도원에 들어가 성서를 더 깊이 공부하고 기도를 올리고 신에게 봉사하는 생활을 하며 학교도 거기에서 다닌다. 하마다 선배도 그 과정을 밟을 예정이고, 고등학교를 졸업하면 신학교에 진학해 학문을 더 깊이 쌓아 신부가 되겠다고 했다.

"신부는 직업이 아니에요. 삶의 태도지요."

하마다 선배의 그 말에 내 온몸에서 전율이 일었다.

"저도 선배 뒤를 따르겠어요."

하마다 선배의 눈동자와 내 눈동자가 마주쳤다.

"그렇게 성급하게 답을 찾을 필요는 없어요. 아직 1학년이니까 시간은 충분히 있어요. 느긋하게 시간을 들여 잘 생각해 보세요."

이 사람에게라면 말할 수 있다. 내 이야기를 하고 싶다. 충동 비슷한 욕망을 느껴 나는 가족 이야기를 털어놓았다. 왜 이 학교에 오게 됐는지에 대해서도.

"미카미 군은 이미 부모님을 용서했군요. 부모님을 받아들였어요. 지금껏 그분들에 의해 벌어진 모든 일을요. 가족을 위해서 기도를 올리는 미카미 군은 정말 대단해요. 진심으로 존경합니다."

하마다 선배가 차분하게 말했다. 호수 수면에 생긴 파문이 소리 없이 퍼졌다가 곧 잠잠해지듯이, 내 마음도 차곡차곡 충족되었다. 슬픔과는 또 다른 눈물이 볼을 타고 흘렀다. 그때, 신의 존재를 아주 가까이에서 느꼈다.

신과 함께 산다.

이것이 내게 주어진 사명임을 깨달았다. 내가 여기에 와야 했기에 온 것임을 알았다.

신께서 마음에 깃든 후로는 집을 떠난 쓸쓸함을 느끼지 않았다. 규칙적인 기숙사 생활도 괴롭지 않았다. 오히려 아침에 일어나서 기도로 시작해 기도로 하루를 끝마치는 생활은, 해야 할 일을 하고 있다는 충족감을 안겨줘서 굉장히 기분 좋았다. 스마트폰도 게임도 컴퓨터도 없는 생활이지만 불만스럽지 않았다. 학교 수업도 마찬가지. 선생님들이 모두 차분하고 친절하고 꼼꼼하게 가르치는 분들이어서, 나는 처음으로 공부가 재미있다고 생각했다. 하마다 선배가 있는 성서 연구 동아리에 들어가서 성서도 공부했다. 기도로 마음을 정돈하면서 하루를 마쳤다. 이 학교에 오기를 정말 잘했다. 이 학교에 보내준 엄마에게 진심으로 감사하다.

나는 주님의 수족이 되기 위해 태어났다.

처음 여기 왔을 때는 가족과 초등학교 때 친구가 자꾸 생각나서 울고 싶었는데, 차츰차츰 그들이 멀게 느껴졌다. 기숙사에는 공중전화가 세 대 있어서 정해진 시간이라면 자유롭게 쓸 수 있지만 내가 집에 전화를 건 적은 없다. 그래도 아무렇지 않았다. 기숙사생 중에는 매일 밤 집에 전화를 거는 학생도 있는데, 나는 그럴 필요를 못 느꼈다. 자유 시간에는 매일 자습실에서 하마다 선배와 성서를 공부하느라 바빴다. 앎이 넓어질수록 공부해야 할 것이 얼마나 많은지 실감했다. 언젠가는 성서를 원서로 읽고 싶다. 그러려면 히브리어도 필수로 배워야 한다.

어느 날, 집으로부터 기숙사로 전화가 걸려왔다. 기숙사 방송으로 이름이 불렸고 사무실에서 수화기를 들었다.

"여보세요? 신야니?"

오랜만에 듣는 엄마 목소리였다.

"네, 신야예요."

"오랜만이야. 잘 지내는지 궁금해서."

"네, 저는 잘 지내요."

"그, 그래? 다행이네. 학교는? 학교는 어떠니?"

"네, 즐겁게 다녀요."

"그래, 그럼 다행이구나. 공부는 열심히 하고?"

"네, 열심히 해요."

"그렇구나, 다행이야. 뭐 필요한 건 없니? 갖고 싶은 거나."

"딱히 없어요."

침묵이 이어졌다. 나도 딱히 할 말이 없었다.

"5월 연휴 때도 안 왔잖니."

"여기에서 할 일이 있어서 바빴어요."

정말이었다. 5월 연휴에 기숙사생은 대부분 집에 돌아갔다. 하마다 선배는 집이 바로 옆 현인 나가노인데도 돌아가지 않았다. 연휴 중에는 평소에 하지 못했던 교회 일을 돕겠다고 했다. 야마나시 시내의 교회와 결연을 맺은 아동보호 시설에 가서 아이들 공부를 봐주고 놀아줄 예정이라고 했다. 나도 꼭 같이 가고 싶다며 부탁했다. 당일, 신부님 두 분과 하마다 선배와 나는 시설을 찾았다. 교회의 신자가 차를 빌려주었다. 학교 부지에서 나간 것은 입학 이후 처음이었다.

시설에는 유아부터 중학교 3학년까지 여든 명쯤 되는 아이들이 있었다. 다들 사정이 있어서 부모님과 살지 못하는 아이들이라고 들었다. 나는 초등학생의 숙제를 봐주고 그림책을 읽어주고 트럼프 게임을 했다. 같이 밥도 먹었다. 시간이 금방 갔다.

"아이들이 얼마나 기뻐했는지 몰라요. 특히 그림책을 읽어줘서 좋았다고 하네요. 미카미 군은 낭독을 잘하는군요? 시설 원장님도 또 와주면 좋겠다고 하셨어요. 아이들도 기다릴 겁니다."

돌아오는 차에서 신부님이 말씀하셨을 때, 온몸에 기쁨이 간질간질 퍼졌다. 내가 남에게 도움이 된 것은 어쩌면 처음이지 않을까? 다른 사람을 위해 뭔가를 하는 일이 이토록 기쁜 줄이야.

"신부가 되려면 수많은 사람의 고뇌를 듣고 타인을 배려할 줄 아는 자애심이 필요하죠. 그러려면 다양한 배경을 지닌 사람들과 만날 기회가 많아야 해요."

하마다 선배의 말에 진지하게 고개를 끄덕였다. 눈앞에 내가 가야 할 길이 곧게 뻗었다.

신부님이 돼야겠어. 아니, 될 거야, 반드시.

다시 한번 새롭게 결심했다. 그러니 집에 돌아갈 시간은 없었다. 교회에는 할 일이 많다. 배워야 하는 것도 많다.

"그래도 여름 방학에는 돌아올 거지?"

"여름 방학에요?"

여름 방학 중에는 기숙사가 문을 닫아서 학생들은 전원 집에 돌아가야 한다. 단, 희망자는 특별히 수도원에서 생활할 수 있다. 그동안은 매일 일곱 차례 기도를 올리고 성서를 배우고 주님을 위해 노동한다. 세속을 떠나 모든 것을 신께 바치는 생활이라니 근사하다. 하마다 선배는 여름 한철을 수도원에서 보내겠다고 했다. 나도 당연히 그럴 생각이었다.

"여름 방학에는 수도원에서 지낼 예정이라 아무래도 못 갈 것 같아요."

"뭐? 수도원? 뭐, 뭐 하러?"

"여기에서 배울 게 아주 많거든요."

수화기 너머에서 엄마가 절규하는 기색이 엿보였다.

"지금 복수하는 거니? 억지로 그 학교에 보내서 엄마를 괴롭히려고 그런 말을 하는 거야?"

"설마, 그럴 리가요. 절대로 아니에요."

그런 식으로만 생각하는 엄마가 애처로웠다.

"그리고 그 억지스러운 존댓말도 기분 나쁘구나. 그것도 엄마한테 심술부리는 거지?"

"아니에요."

하마다 선배도, 신부님도 정중한 말투를 쓰니 자연스럽게 나도 그렇게 됐을 뿐인데. 대화를 나눌수록 엄마와의 거리가 점점 벌어졌다.

"그래, 그만 됐다. 잘 알겠어. 네 마음대로 해. 그렇게 계속 삐진 채로 있어라."

일방적으로 전화가 끊겼다. 수화기를 손에 든 채로 망연히 서 있었다. 이렇게 서로를 이해하지 못하다니 슬퍼서 가슴이 답답했다.

아니다, 이것도 신께서 내린 하나의 시련이다. 고통과 슬픔을 극복함으로써 신자의 고뇌를 받아들이는 도량과 곁을 내주는 깊은 배려를 키워나간다. 그 모든 것을 식량으로 삼아 이 길을 걸어간다. 오로지 한마음으로. 언젠가 "신부님"으로 불릴 그날을 위해서.

한 학기가 끝나고 여름 방학이 시작됐다. 나는 예정대로 하마다 선배와 수도원 생활을 시작했다. 아침 네시 반 기상, 저녁 여덟시 반 취침. 기도로 시작해 기도로 마무리하는 생활. 신의 존재를 가까이 느끼며, 본래 내가 해야 하는 일을 지금 하고 있다는 충실감이 몸과 마음을 채웠다. 내가 걸어갈 신앙의 길은 지금 막 시작됐다.

수도원 생활도 이 주쯤 지난 어느 날, 아침 미사를 마쳤는데 신부님이 다급하게 나를 찾았다.

"미카미 군, 조금 전에 집에서 급한 전화가 왔습니다. 아버님께서 급환이시라고 해요. 얼른 집에 가보세요."

"네?"

심장이 쿵쿵 뛰었다. 떨리는 손가락으로 기숙사 전화기를 빌려 집에 전화를 걸었으나 연결이 되지 않았다. 형의 휴대폰에 전화를 걸자, 몇 번 신호음이 간 후에야 드디어 형의 목소리가 들렸다.

"아빠가 오늘 아침에 갑자기 상태가 안 좋아져서 쓰러지셨어. 예측하기 어려운 상황이니까 일단 너도 최대한 빨리 집에 와줄래?"

아빠는 원래 혈압이 높고 부정맥이 있다. 식사도 신경쓰고

꾸준히 운동도 하는데 갑자기 혈압이 올라가기라도 한 걸까? 친할아버지도 심근경색으로 급사하셨다. 쓰러지신 그날 돌아가셨다. 무서워서 온몸이 덜덜 떨렸다. 불안해서 몸이 움츠러들고 그대로 찌부러질 것 같았다. 일단 필요한 짐을 가방에 쑤셔넣었다. 신부님이 걱정하며 역까지 같이 가주시고 티켓도 사주셨다. 기차를 타는 내내 계속 신께 기도를 드렸다.

주님, 도와주세요.

간신히 집에 도착했다. 몇 달 만에 보는 우리 집이지만 그리워할 겨를도 없이 초인종을 정신없이 눌렀다. 그러다가 생각이 들었다. 다들 집에 있을까? 병원으로 직행하는 편이 낫지 않았을까? 그런데 병원 이름을 듣지 못했다. 역시 제정신이 아니었나 보다.

"어머, 신야니? 열려 있어, 들어오렴."

인터폰으로 엄마 목소리가 들려서 당황했다. 집에 있구나. 아빠는 괜찮나? 엄마 목소리가 밝아서 왠지 이상했다.

문을 열자, 엄마와 형과 누나가 서 있었다.

"어서 오렴, 신야."

"어서 와, 신야."

"기다렸어, 신야. 키가 많이 자란 것 같은데? 그렇죠, 엄마?"

"정말 그러네. 어른스러워진 것 같아. 그래도 건강해 보여서 다행이다. 그지, 오빠?"

"응, 응. 정말 기쁘다, 신야가 돌아와서."

"다, 다녀왔습니다. 저기, 아빠는?"

"어? 아, 아빠? 응, 아빠는 오늘 아침에 몸이 안 좋아서 쓰러지셔서 안에 누워 계셔."

엄마가 지금 막 생각났다는 듯이 말했다.

"어? 집에 계셔? 병원에 안 가도 돼?"

"그게, 병원에 가려고 했는데 오늘은 담당 의사 선생님이 쉬는 날이어서. 그, 역 앞에 기타마치 병원, 거기 의사가 매일 교대제잖니. 그래서 어쩌면 좋을지 상의하는 사이에 상태가 안정돼서 일단은 지켜보기로 했거든. 그래서 지금 방에 누워 계셔."

"그렇게 해도 괜찮아?"

"응, 괜찮아. 괜찮을 거야, 아마."

안방으로 가자 아빠가 이불을 깔고 누워 있었다.

"여어, 신야. 어서 와라. 우리 아들이 오다니 기쁘구나."

안색이 좋다. 아무리 봐도 아픈 사람 같지 않다. 뒤에 선 세 사람을 봐도 심각한 표정을 지으려고 하지만 누가 봐도 부자연스러웠다. 특히 형은, 공부는 잘해도 연기력은 빵점이다. 우는지 웃는지 모를 괴상한 표정이다.

아아, 그런 거구나. 드라마에서 흔히 보는 '부모님이 급환이라 둘러대서 집에 안 오려고 드는 자식을 불러들이는' 작전이다.

"아빠, 걱정했는데 건강해 보여서 다행이에요. 큰일이 아닌 것 같아서 안심했어."

"그렇지, 정말 그래."

"그러니까."

"그렇지? 아하하."

세 사람이 고개를 끄덕이며 어색하게 웃었다.

"소식을 듣고 계속 신께 기도를 드렸어. 집에 도착할 때까지 계속. 심장이 터질 정도로 걱정했으니까."

아빠의 눈이 허공을 헤맸고 세 사람은 고개를 숙였다.

"아이고, 벌써 시간이 이렇게 됐네. 일단 저녁부터 먹자꾸나. 신야, 배고프지? 네가 좋아하는 음식으로 잔뜩 준비해 놓았어."

만약 정말로 심각한 상황이었다면 태평하게 내가 좋아하는 음식을 준비했을 리 없다. 그것부터 이상한데 깨닫지도 못하다니, 삼류 연극이라도 너무 허점이 많다.

나는 집에 도착할 때까지 무서워서 반쯤 제정신이 아니었다. 신부님과 하마다 선배에게도 걱정을 끼쳤다. 아무리 내가 와주길 바랬어도 부모님이 아프다고 속이다니 너무한 것 아닌가.

하지만 반대로 생각하면, 가족들은 그 정도로 내가 집에 와주기를 바란 것이다. 이 집에서 반강제로 내쫓겼던 올봄의 아침을 떠올리니 기분이 참 복잡했다.

엄마가 식탁을 차리는 동안 수도원에 전화를 걸어 신부님과 하마다 선배에게 아빠는 걱정하지 않아도 된다고 전했다. 도저히 실상을 밝힐 수 없었지만 어쨌든 거짓말은 아니었다. 신부님도 하마다 선배도 진심으로 안도하며 기뻐하는 것이 전화 너머로도 느껴져서 순간 죄책감이 들었지만, 주님께서도 분명 용서해 주시리라.

엄마 말처럼 식탁에는 내가 잘 먹는 음식만 가득했다. 중병을 앓았을 아빠도 떡하니 자리를 차지했다.

나는 손을 맞잡고 식사 전 기도를 올렸다.

"아버지."

"응? 왜 그러니, 갑자기?"

"아니, 이거 식사 전에 하는 기도예요. 아빠한테 말을 건 게 아니야."

"아, 그래? 그렇구나, 알았다."

"아버지, 하나님 아버지의 자애로움에 감사하며 이 식사를 받들겠습니다. 여기 준비된 음식을 축복하여 우리의 몸과 마음을 일굴 양식이 되게 해주시옵소서. 우리의 주인, 예수 그리스도를 통해. 아멘."

가족의 시선을 한몸에 받으며 십자가를 그리고 기도를 마친 뒤 젓가락을 들었다. 모두 마른침을 삼키며 나를 지켜보았다.

"맛있다."

게살크림 크로켓을 먹으며 말하자, 네 사람이 "휴우" 하고 안도의 한숨을 쉬었다.

"그래? 다행이다. 신야가 집에 온다고 해서 오랜만에 분발해서 게살크림을 만들었어. 맛있다고 해주니까 기쁘구나."

엄마의 눈에 눈물이 맺혔다.

"맛있으면 누나 것도 먹을래?"

"아니야, 형 거 먹어."

"아니, 아빠 거를."

세 사람이 자기 접시를 내밀었다.

"괜찮아. 이거면 됐어. 다른 반찬도 있으니."

가족의 시선을 받으며 가득 차린 음식에 차례차례 손을 뻗었다. 내가 잘 먹을수록 가족의 얼굴에 미소가 번졌다.

"한창 자랄 때니까."

"지금이 제일 잘 먹을 시기지."

"이렇게 잘 먹으니까 안심되네."

"역시 집밥이 제일 맛있지, 신야?"

아빠가 나를 보며 물었다.

"기숙사 밥도 맛있어. 생각보다 훨씬 더."

모두의 동작과 표정이 순간 굳었다.

"그, 그래. 그건 잘됐구나."

"아빠도 먹어보고 싶네."

"아, 나도. 디저트도 나오니?"

"영양사가 꼼꼼히 따져서 메뉴를 짤 테니까 아마 몸에도 좋겠지."

삼삼오오 말하며 붙임성 있게 미소를 짓는다. 뭘까, 이 기묘한 촌극 같은 분위기는.

"아빠는 이제 괜찮아요?"

순간 아빠가 "응?" 하는 표정을 짓더니, 허둥거리며 미간을 찌푸리고는 위장 근처에 손을 댔다.

"응, 그럭저럭 괜찮은 것 같아. 오늘 아침엔 왜 그렇게 몸이 안 좋았을까. 이젠 나이가 나이여서 무리하면 안 되는 모양이야. 피로라도 쌓였나?"

"다행이다. 그럼 나는 야마나시에 돌아가도 돼?"

"엇."

모두가 또 굳었다.

"왜? 모처럼 집에 왔는데?"

"맞아. 아직 여름 방학이잖아? 서두르지 않아도 돼."

"그래. 여름 방학이 끝날 때까지 집에 있으면 되잖니."

"급하게 돌아가야 할 일이라도 있니?"

온 가족이 어쩔 줄 몰라 하며 나를 바라보았다.

"수도원에서 할 일이 아주 많거든. 공부할 것도."

"그런 일을 뭘 그렇게까지 열심히 하니? 그렇게 해서 뭐 하려고."

엄마가 득달같이 달려들어 물었다.

"신부가 되기 위해서야."

"뭐라고, 신부?"

그게 제일 놀라운가 보다.

"벌써 정했어. 나는 소명을 받아서 그 땅에 가게 됐으니까. 주님께. 신앙의 길을 걷는 게 내 숙명이야."

'경악'이란 바로 이런 반응을 뜻하는구나, 싶은 표정을 네 사람이 동시에 지었다. 식탁이 쥐 죽은 듯 고요해졌다.

"그, 그래? 그것도 괜찮겠지……. 요즘은 뭐가 되고 싶고 뭘 하고 싶은지 모르는 애들이 많다고 하는데……. 일찌감치 목표를 찾고 그 꿈을 이루려고 노력하는 신야는 참 대단하구나. 아빠는 네가 자랑스럽다, 응."

딱딱하게 웃으며 아빠가 먼저 포문을 열었다.

"그러게. 나는 내년에 고등학생이 되는데 아직 장래에 뭘 하면 좋을지 하나도 모르겠어. 하고 싶은 일을 찾은 신야가 너무 부럽다."

누나가 밝은 목소리로 이어받았다.

"맞아. 글로벌 시대에 기독교인들과 서로 이해하기 위해서라도 성서를 배우는 건 중요하지. 형도 신야한테 배울까?"

"그럼 신야, 조치 대학 신학부에 진학하면 되겠다. 조치 대학도 들어가기 어려운 곳이지?"

"그것도 괜찮겠다. 조치는 집에서도 가까우니까. 그렇지, 얘들아?"

"환경도 좋고 유학생도 많으니까 국제 교류도 할 수 있고, 정말 괜찮겠네."

"응, 신야한테 잘 맞을 거야, 그 대학이라면."

"거기는 영어가 중요하지? 그럼 신야, 이번 여름 방학은 영어 공부를 해보면 어떻겠니? 원어민 가정교사를 붙여도 좋고, 영어 전문학원의 여름 강습을 들어도 괜찮고. 지금이라도 알아보면 찾을 수 있을 거야."

활로를 찾았다는 듯이 열심히 고개를 끄덕이는 네 사람. 다들 변하지 않았구나. 살짝 한숨을 쉬고 고개를 저었다. 그런 게 아니란 말이에요. 다시 손을 모았다.

"아버지, 감사하는 마음으로 식사를 마칩니다. 하나님 아버지의 자애를 잊지 않고 모든 이의 행복을 빌며, 우리의 주인 예수 그리스도를 통해. 아멘."

식탁이 다시 고요해졌다.

"잘 먹었습니다. 다 맛있었어. 엄마, 고마워요. 이왕 왔으니까 이삼 일은 여기 있겠지만 최대한 빨리 돌아가고 싶어. 내가 있어야 할 곳에, 신앙이 깊어지는 그곳에."

눈을 휘둥그렇게 뜨고 멍하니 나를 보는 네 사람에게 말하며 자리에서 일어났다.

다음 날은 아무래도 피곤했는지 평소보다 늦잠을 잤다. 그래도 아침 기도는 빼먹지 않았다. 이층 내 방에서 일층으로 내려오자, 다들 벌써 식탁에 앉아 있었다.

"잘 잤니? 신야."

"신야, 좋은 아침이야."

"잘 잤니? 지금 막 햄에그를 구웠어. 좋아하는 거지?"

"아, 응. 고마워요."

다들 약속이라도 한 듯 완벽한 미소를 지어 보였다.

"좋은 아침이다, 신야. 어제는 푹 잤니?"

아빠가 웃으며 물었다.

"네, 주님 덕분에 평온하게 잠들 수 있었어요."

"그, 그래. 그거 다행이구나."

식사 전 기도를 마치고 아침을 먹는데 형이 물었다.

"괜찮다면 오늘 가족끼리 다 같이 놀러 가지 않을래? 여름방학이잖아. 신야, 어디 가고 싶은 곳 없어? 어디든 좋아. 놀이공원도 좋고 수족관도 좋고."

"오늘은 평일이잖아. 아빠, 출근은요? 형도 학원 여름 강습 있지 않아? 누나 동아리 활동은? 엄마도 화요일에는 꽃꽂이 교실이 있지 않아요?"

"그건 쉬어도 돼."

"그럼. 회사도 오늘 하루쯤은 가족을 위해 쉬어도 전혀 문제없어."

"맞아, 동아리 활동이나 학원이나 일이나 취미보다는 가족과 함께하며 단란한 시간을 보내는 게 훨씬 소중하지. 가족이 생활의 기본이야. 가족이 있으니까 다른 일에도 몰두할 수 있는 거니."

"그렇고말고. 여름 방학은 가족의 연을 더욱 돈독하게 쌓아가는 좋은 기회란다. 가족과의 시간을 소중하게 보내자꾸나."

이 잠깐 사이에 '가족'이라는 단어가 몇 번이나 나왔는지 모르겠다. 이때다 하고 퍼붓는 '가족다움 강요'에 속이 다 얹히는 기분이다.

"아니야, 괜찮아. 오늘 하루는 조용히 보내고 싶어. 어제 좀 피곤하기도 했고. 정신적으로."

다들 순간적으로 말문이 막힌 표정을 지었다.

"밖에 나가 산책이나 좀 할까 봐."

"그럼 형도 같이 갈게."

"누나도 갈래. 오늘 날씨도 좋으니까. 자외선 차단제를 꼼꼼히 바르고 가야지."

"그럼 아빠도 가마. 요즘 운동 부족이라서 가끔은 좀 걷는 것도 좋겠어."

"그럼 다 같이 도시락을 싸서 가지 않으련? 조금 멀리 소풍을 나가도 좋겠어. 도시락은 뭐가 좋니? 주먹밥? 샌드위치? 이럴 때는 역시 주먹밥이지? 걸을 거니까 매실장아찌를 넣는 게 좋겠다. 계절적으로도."

"모처럼 집에 왔으니 나 혼자 동네를 걷고 싶어. 다섯 달 만이니까. 혼자 생각하고 싶은 것도 있고요."

모두의 들뜬 마음이 순식간에 가라앉는 것이 보였지만, 서로 무리해서 어울려도 골이 깊어질 뿐이다.

오전에는 프란치스코 교황의 담화집을 읽으며 보냈고, 기도를 올리고 점심을 먹은 뒤 집을 나섰다. 제일 더울 때지만 바람이 불어서 이 계절치고는 생각보다 움직이기 좋았다.

예전에 자주 가던 공원에 가니 놀이기구를 타는 아이들이 있었다. 제일 좋아했던 그네가 철거되어서 살짝 충격을 받았지만 대신에 색이 화려한 새 정글짐이 설치됐다. 공터였던 곳에는 새로 연립주택이 세워졌고, 만화 잡지를 사곤 했던 서점은 망했다. 다섯 달 사이에 많이 변하기도 했고, 한때 익숙했던 풍경이어도 오랜만에 걸으니까 전부 신선해 보였다.

사 년간 다녔던 입시 학원 앞을 지났다. 올봄의 자랑스러운 합격 실적이 붙었다. 입학하기 어려운 학교일수록 글씨가 크다. 내가 다니는 학교 이름은 당연히 없다. 끝부분에 작게 "기타 유명 학교 다수"라고 적혀 있다. 아마 저 숫자에도 들어가지 않겠지.

지금은 한창 여름 방학 특별 강습을 하는 중이리라. 삼층 건물을 올려다보았다. 선팅 된 유리창 너머에는 작년과 똑같은 수업 풍경이 펼쳐져 있을 것이다. 다른 것은 그저 아이들의 얼굴뿐. 그중에는 나 같은 아이도 있겠지.

작년 이맘때는 한여름 태양과도, 행사나 오락과도 일절 차단된 이 건물 안에서 지냈다. 그때는 설마 내가, 가족과 떨어져 먼 곳에 있는 학교에 입학해 기숙사 생활을 하고 가톨릭과 만나 신앙의 길을 걸으리라고는 꿈에도 생각하지 못했다.

만약 일 년 전의 나와 만날 수 있다면 무슨 말을 해주는 게 좋을까?

"그렇게 무리해서 공부해도 다 떨어질 테니 의미 없어. 시간과 돈이 아깝지. 입시고 뭐고 때려치우고 여름 방학에 마음껏 노는 편이 나아."

하지만 입시를 치렀기에 지금 학교에 들어갈 수 있었고 신앙에도 눈을 떴다. 그러니까 괜찮다.

"미카미?"

갑자기 불린 내 이름에 돌아보자 자전거를 탄 여자애가 있었다.

"다, 다나카?"

"오랜만이네. 집에 온 거야?"

자전거에서 내리며 생글 웃는 그 아이는 정말로 다나카였다. 다나카는 키가 더 자랐고 얼굴도 조금 살이 빠져서 어른스러워졌다.

심장이 두근두근 뛰었다.

"아, 간신히 따라잡았다."

다나카의 뒤에서 목소리가 들렸다.

"신호에 두 번이나 걸렸어. 이렇게 더운데 힘들어 죽겠네."

땀을 뻘뻘 흘리는 다나카의 엄마였다. 마찬가지로 자전거를 타고서, 신용금고 지점명이 새겨진 수건을 목에 두른 채 그것으로 얼굴을 벅벅 닦았다.

"엄마, 미카미야."

"응? 엥?"

다나카의 엄마가 수건에서 고개를 들고 나를 보았다.

"아아, 미카미구나? 어떠니, 잘 지내니?"

"네, 잘 지내요."

"그래, 그래. 그게 최고야. 언제 돌아온 거니?"

"어제요."

"어제? 여름 방학 시작하자마자 바로 안 오고?"

다나카의 동글동글하고 까만 눈동자가 나를 향했다.

"어제까지 수도원에 있었거든."

"수도원?"

두 사람의 목소리가 겹쳤다.

"그렇지, 아멘 학교에 갔었지?"

"미션 스쿨이라고 그래, 엄마. 거기 학교 학생들은 여름 방학에도 수도원에서 지내야 하니?"

"아니, 희망자만. 학생 대부분은 여름 방학이 시작하자마자 집에 갔어."

"희망자만? 미카미는 왜 희망했는데?"

"장래에 성직자, 신부가 되고 싶어서."

"에에엑, 신부?"

또 두 사람의 목소리가 겹쳤다.

"신부라면 결혼식장에서 '당신은 사랑을 서약하시겠습니까?'라고 말하는 사람? 그 사람은 결혼식장 전속이니? 아니면 결혼식이 있을 때마다 여기저기 식장에 불려가는 거니?"

다나카의 엄마가 까맣게 탄 얼굴로 나를 보며 물었다.

"어, 그건 아마도 프로테스탄트 목사이고, 저는 가톨릭이어서요."

"응? 프로테스트? 아하, 프로랑 아마추어가 있구나?"

"아니요, 그게 아니라 종파가 달라요."

"아아, 알았다. 그거지, 엑소시스트. 예전에 텔레비전에서 영화 봤어. 악마를 퇴치하는 사람."

"아, 그건 가톨릭 신부가 맞지만 엑소시즘을 할 수 있는 사람은 또 특별한 사람이어서……."

"그거 쉽지 않더라. 영화에서도 잇달아 소동이 벌어지고 별의별 호된 일을 다 겪더라고. 마지막에 가선 죽었다니까. 너도 조심해야겠다."

"네, 그런데 그건 또 특별한 수행을……."

"악마는 외국인한테만 달라붙던데 일본인은 괜찮을까? 악마는 일본인은 봐주니? 아, 일본인은 그거지, 여우에 홀리지. 내가 어렸을 때 동네에 여우한테 홀린 아줌마가 있었는데 눈초리가 삐죽 올라가고 얼굴이 여우처럼 뾰족해져서는, 네발로 기어다니면서 밥을 먹고 가족을 물어뜯고 아주 보통 난리가 아니었어. 엑소시스트는 여우에 홀린 것도 고칠 수 있니?"

"글쎄요, 그건 잘 모르겠어요."

"그래도 좋다, 신부라니. 좋은 기술이야, 기술이 최고지."

"좋은 기술……."

다나카는 나와 자기 엄마가 나누는 대화를 웃음을 꾹 참으며 듣고 있었다.

"여름 방학 동안 계속 여기 있을 거지?"

다나카가 내 쪽으로 몸을 돌리며 물었다.

"어, 아니야. 조금 지내다가 수도원에 돌아갈 생각이야."

"그렇구나. 그럼 내일은 일정이 있니?"

"내일?"

"응, 갑자기 미안한데, 만담 공연 초대권이 두 장 있거든."

"만담 공연?"

"응, 아사쿠사 연예장 공연. 신문 대리점 사람한테 받았어. 사실 받은 건 아니고 엄마가 강탈했어. 신문 구독료를 받으러 온 오빠한테 '구독료가 오백 엔이나 올랐는데 뭐 서비스 없어? 우리는 신문을 오래 구독했잖아. 장기 고객을 소중히 여겨야지. 뭐든 갖고 있지? 응? 이쯤에'라면서, 오빠의 청바지 주머니에 손을 집어넣고 신체검사 하듯이 여기저기 오빠 몸을 뒤졌어. 그 오빠가 '자, 잠깐만요, 으악, 이러지 마세요! 권력형 폭력! 아니, 성폭력!' 하고 비명을 질러서, 이층에 사는 겐토가 무슨 일이 났나 하고 내려왔다니까."

"그냥 장난 좀 친 거야. 그래도 덕분에 초대권을 두 장 받았잖아."

"그 오빠가 나중에는 이걸로 봐달라면서 내밀더라."

"괜찮아, 우리는 오래오래 구독했으니까. 요즘 들어 서비스가 눈에 띄게 나빠졌는데 그쯤은 해야지. 예전에는 재촉하지 않아도 초대권을 자주 줬으면서."

"그래서 초대권이 두 장 생겼는데 그게 내일이야. 엄마는 일 때문에 못 가니까 어떻게 하면 좋을지 걱정이었어."

"그래서 나한테?"

"응, 처음에는 사치코, 라고 중학교에서 사귄 친구한테 가자고 했는데 내일은 동네 어린이 모임의 봉사활동이 있는 날이라서 중학생이 초등학생들을 지도하는데, 거기 책임자라 빠질 수 없대."

뭐야, 다른 애가 거절해서 나한테 말한 거네. 잠깐 낙심했지만, 이야기를 들어보니 남자 중에서는 나한테 제일 먼저 말을 건 거지? 그래, 다나카는 공학에 다니니까 동급생 중에 남자애도 있을 텐데 나한테 말을 걸어주었다.

"갈게, 갈래. 꼭 갈래."

"잘됐다. 그럼 점심 공연 초대권이니까 역 앞에서 열시 반에 보자. 거기에서 출발하는 아사쿠사행 버스를 타면 한 번에 갈 수 있거든. 공연장에 음식을 가져가도 되니까 점심은 뭔가 사서 들어가면 돼. 아사쿠사 연예장 바로 앞에 할인 매장이 있으니까 거기서 먹을 거나 마실 걸 사자. 엄마랑 전에 갔을 때도 그렇게 했어. 미타라시 경단*이랑 김초밥이랑 단팥빵이랑 감자칩이랑, 먹고 싶은 걸 잔뜩 사서 냉난방이 완비된 곳에서 몇 시간이나 공연을 보며 먹고 마시니까 엄마가 '여기 극락인

---

* 경단을 꼬치에 꽂고 단맛 나는 걸쭉한 간장을 뿌린 음식.

가?'라고 했었어."

"아아, 정말 그랬지. 재미있으니까 내일은 둘이 다녀오렴."

"네, 고맙습니다."

그렇지, 나는 예전에 다나카의 엄마에게 "하나미와 사이좋게 지내렴"이라는 말을 들었다. 그 말은 아직 유효할까?

"이런, 타임 세일 시작하겠다. 얼른 가야지."

"맞다. 미카미가 야마나시에 간 후에 게키야스당이 망했어. 3월에 우리 집에서 합격 축하 파티 했을 때 먹었던 초밥 산 곳 말이야. 거기가 없어져서 타격이 커. 그래서 오늘도 강 건너 저렴한 슈퍼에 장을 보러 가는 중이야. 마침 엄마도 쉬는 날이어서, 오늘 오후에 한 사람당 한 팩에 구십팔 엔인 달걀을 타임 세일 한다고 하니 둘이 같이 다녀오려고. 그러니 이만 가볼게. 그럼 내일 열시 반에 역 앞 아사쿠사행 버스 정류장에서 봐."

"응."

내가 고개를 끄덕이자, 다나카 모녀는 자전거를 타고 순식간에 사라졌다.

다나카는 하나도 안 변했다. 다나카의 엄마 역시. 두 사람 다 봄에 헤어졌을 때와 똑같다. 가슴이 뭉클해져서 눈물이 조금 나왔다. 고향에 돌아왔다는 감회가 마침내 솟아올랐다.

주님, 예기치 못한 은혜를 내려주셔서 감사합니다.

다음 날, 약속 시각보다 일찍 버스 정류장에 도착했고 조금 지나자 다나카가 왔다.

"안녕? 오늘도 더울 것 같다."

다나카는 까만 리본 달린 자그마한 밀짚모자를 쓰고 남색 원피스를 입었다.

"귀, 귀엽다, 그 모자."

사실은 다나카가 귀엽다고 말하고 싶었지만.

"아, 이거? 백엔숍에서 샀어. 요즘 백엔숍은 대단하지 않니? 겨우 백 엔으로 이런 모자를 만들다니. 밀짚을 얻으러 현지에 가는 것만으로도 백 엔은 더 들 텐데."

그렇게 말하며 웃는 다나카는 역시 귀여웠다.

"아, 버스 온다."

시간표에 딱 맞춰서 왔다. 버스에 타 2인용 좌석에 나란히 앉았다. 다나카에게 창가 자리를 권했다.

"고마워. 나는 차 타는 거 좋아하는데. 우리 집에는 자가용이 없으니까 노선버스만 타도 기쁘더라. 창가에 앉으면 더 기뻐. 지나가는 경치를 구경하는 게 좋아. 멀리 가면 간 만큼 색다른 경치를 마음껏 볼 수 있겠지? 좋겠다, 멀리 가보고 싶어."

행복한 표정으로 창밖을 바라보는 다나카. 그저께 나도 기차를 타고 장거리를 돌아왔으나 솔직히 경치를 볼 여유는 없었다. 눈에는 보였지만 아무것도 입력되지 않았다.

"저거 봐, 미카미. 저 가게는 잡화점인가? 멋있다. 아, 펫숍에 소형견이 있었어. 저건 교회지. 성모 마리아상이 있어. 저건 고등학교인가? 저 학교 좋다, 바로 옆이 슈퍼라서 도시락을 깜빡해도 금방 사러 갈 수 있겠어."

다나카와 함께라면 시시한 것까지 더없이 즐거워진다. 지극히 평범한 거리에도 가슴이 뛴다.

아사쿠사카미나리몬 앞에서 내렸다. 평일인데도 관광객으로 북적였다. 외국인도 많았다. 몇 번인가 와본 적이 있다는 다나카가 헤매지 않고 걸음을 옮겼다. 나카미세 거리와 덴보인 거리에는 교복 입은 학생들도 있었다. 이 시기에 수학여행으로 아사쿠사에 오는 학교도 있나?

아사쿠사 롯쿠 거리를 걸어가는데, 대형 할인점의 간판이 보였다.

"먼저 저기서 식량을 조달하자."

어제 다나카가 말했던 대로 연예장은 이 가게의 바로 앞이었다. 가게로 들어가자 다나카가 바구니를 손에 들었다.

"미카미, 먹고 싶은 거 골라."

일층 식품 코너는 슈퍼 못지않게 상품 구색을 충실히 갖추었다.

"아, 초코칩 멜론빵이 있네. 먼저 이거랑. 아, 샌드위치도 맛있어 보여. 두 개 다 먹어야지."

나는 유부초밥과 김초밥 세트를 집었다.

"오, 있어 보인다. 꼭 전문가 같아."

"그런가?"

그 외에 초콜릿 과자와 감자칩도 바구니에 넣었다.

"이제 음료수, 음료수."

나는 페트병 녹차를, 다나카는 오렌지 홍차를 골랐다.

"그거 맛있어?"

"아직 안 마셔봤어. 그래서 한번 마셔보려고. 만약 맛없으면 네가 마셔줘."

"엑, 너무하다."

그런데 그 말은 다나카가 마신 음료수를 내가 마시는 셈이 되는데 그, 그것은……

"이거면 다 됐어?"

다나카의 말에 정신을 차렸다.

"어, 아, 응."

다나카가 계산대에 이르자 가방에서 지갑을 꺼냈다.

"아, 잠깐만. 내가 살게."

"에이, 미안하게."

"무슨 소리야. 티켓도 받았는데."

"그래도, 무료 초대권이었는걸."

"아니야, 여긴 내가 사게 해주라."

"괜찮겠어? 고마워."

이렇게 많이 샀는데 역시 할인점답게 가격은 겨우 천 엔 조금 넘는 정도였다. 그런데도 다나카는 "고마워, 미카미" 하고 자꾸만 고마워했다. 간질간질하고 기쁘고 조금은 어른 남자가 된 기분이었다.

계산대에서 상품을 봉지에 담는데, 다나카가 배낭에서 손잡이 달린 가방을 꺼냈다.

"이거 보랭백이야. 보랭제도 들어 있으니까 음료랑 초밥은 여기 담자."

다나카는 정말 꼼꼼하다.

골목을 끼고 바로 건너편이 연예장이다. 검표원에게 티켓을 주고 프로그램 책자를 받아 자리에 앉았다. 자유석이어서 정중앙 열의 오가기 편한 끝자리에 앉았다. 생각보다 붐볐고 전체적으로 연령층이 높다. 둘러보니 아무래도 우리가 제일 어린가 보다.

곧 공연이 시작됐다.

"제일 먼저 나오는 사람을 젠자前座라고 부르는데, 수습생이라 아직 하오리*를 못 입어. 하오리를 입을 수 있는 사람은 후

---

* 羽織. 기모노 위에 입는 일본의 전통 겉옷.

타쓰메*부터야."

"그렇구나."

한 사람당 주어지는 시간이 십 분에서 십오 분 정도였고 만담가들이 연달아 무대에 올랐다. 나도 어렴풋하게나마 아는 만담가도 있었다.

"뭐 좀 먹을까?"

다나카가 보랭백을 무릎에 얹고 내가 고른 유부초밥과 김초밥 세트와 녹차 페트병을 건넸다. 김초밥 세트 팩 위에 항균 물티슈를 얹어서 줬다.

"고마워."

제일 처음에 나온 젠자도 잘한다고 생각했는데, 공연이 진행됨에 따라 점점 더 잘하는 사람이 나와서 나처럼 아무것도 모르는 사람도, 역시 수준이 다르다는 것을 알 수 있었다. 소리를 크게 내지도 않는데 구석구석까지 잘 들리는 성량, 차분한 톤에 귀에 쏙쏙 박히는 말투. 잘하는 사람은 셀 수 없이 많아도, 명인이란 절로 감탄이 나오는 사람이라는 글을 어디서 읽은 기억이 있다. 옆에 앉은 다나카도 소리 내서 웃었다. 가끔 어깨까지 흔들며 온몸으로 웃어서 내 어깨에 닿기도 했다.

* 二つ目. 3~5년 정도의 수련 기간을 거친 만담가로, 더 실력이 뛰어난 만담가나 재담가가 나오기 전에 공연하는 사람.

"아, 미안해."

"어, 아니야, 괜찮아."

진짜로 괜찮으니까. 이왕이면 좀더 다가와도 진심으로 괜찮으니까.

다나카가 감자칩 봉지를 뜯어줘서 같이 먹었다. 가끔 동시에 손을 집어넣어 손이 닿았다.

"아, 미안."

"아니야, 먹어."

"고마워."

가족 아니고선 뭔가를 같이 먹는 일은 잘 없다. 특별하다고 생각하면 좀 과한가?

만담 말고도 마술이나 익살, 종이 예술 공연도 있었다. 처음엔 네 시간 반이 너무 길어서 중간에 지겨울까 봐 걱정이었는데, 지겹기는커녕 웃고 즐기다 보니 어느새 공연이 다 끝났다.

"와, 재미있었다."

다나카가 자리에 앉아 기지개를 켜며 말했다.

"응, 재미있었어."

홀을 막 나서려는데 입구에 기모노를 입은 한 남자가 서 있었다.

"앗, 곤자쿠테이 분초 선생님!"

다나카의 외침에 남자가 뒤를 돌아보았다. 아, 아까 무대에

섰던 사람이다.

"꺅, 분초 선생님! 오늘 하신 〈전복노시〉 너무 재미있었어요. 지난달에 하셨던 〈너구리의 지폐〉도 진짜 재밌었고요."

"그거 고맙군요. 이렇게 어린 관객이 찾아와주다니 기쁠 따름이오."

"와, 악수해 주실 수 있으세요?"

"물론이지요."

"꺅, 기뻐요!"

다나카는 얼굴을 붉히며 그 자리에서 펄쩍 뛸 기세였다.

뭐지, 다나카가 왜 저렇게 좋아하지? 이 정도로 흥분한 다나카는 처음 봐서 어리둥절했다.

"미카미, 스마트폰 있지? 사진 찍어주라."

다나카가 발갛게 달아오른 얼굴로 나를 보았다.

"어, 응."

사실 어제 스마트폰이 생긴 참이다. 나는 그다지 필요를 못 느꼈는데 아빠가 줬다. "이게 있으면 정해진 시간 안에서 언제든 연락할 수 있어. 언제든 집에 전화해도 된단다. 우리가 전화해도 되고"라고 말하면서. 내가 어떻게 지내나 궁금한가 보다. 스마트폰은 처음 써보는데 몇 시간도 안 걸려 일반적인 조작은 할 줄 알게 됐다. 사진쯤은 간단히 찍을 수 있다.

스마트폰의 전원을 켰다.

"됐어? 찍을 수 있어?"

"응, 좋아."

다나카와 만담가의 투 숏을 찍었다.

뭐지, 너무 달라붙잖아? 다나카는 만담가가 어깨에 팔을 두르자 환하게 웃었다. 쳇.

"고맙습니다."

"괜찮다면 다음에도 또 보러 와주세요."

"네, 꼭 올게요."

연예장에서 나와 버스 정류장으로 걷는 동안에도 다나카는 들떠 있었다.

"분초 선생님이랑 직접 대화를 나누다니 진짜 운 좋았다. 선생님 멋있더라, 그치?"

"어, 응."

그런가, 그냥 아저씨 같았는데. 다나카는 그런 사람이 취향인가. 그러고 보니 다나카가 남자 아이돌 중 누가 좋다거나 배우 중 누구의 팬이라거나 하는 소리는 들어본 적이 없다. 초등학교에 다닐 적, 여자애들이 그런 얘기로 신났을 때도 옆에서 듣기만 했지 나서서 말하는 모습은 못 봤다. 수준 낮은 이야기라 싫어하는 줄 알았는데, 취향 자체가 달랐을지도 모르겠다.

"찍은 사진 보여주라."

버스 정류장에서 버스를 기다리는데 다나카가 부탁했다.

스마트폰 화면을 켜서 보여줬다.

"와, 잘 찍었다. 선생님 멋있어. 진짜 기뻐. 감격했어."

다나카가 열심히 사진을 들여다보았다. 어제 몇 장쯤 시험 삼아 사진을 찍었는데 전부 삭제해 두었다. 기념할 만한 첫 사진은 가능하면 다나카와 같이 찍은 사진이길 바랐다. 그래서 오늘 가지고 온 건데, 설마 다른 남자와 함께 숏을 찍게 될 줄이야…….

버스가 왔다. 운 좋게 이번에도 2인용 좌석에 나란히 앉을 수 있었다.

"내가 또 창가에 앉아도 돼? 미카미, 다정하다."

그래, 나는 다정하다고. 사진을 같이 찍은 그 사람보다 아마도 훨씬 더.

"벌써 저녁놀이 지기 시작하네. 집에서 조금 멀리 왔을 뿐인데 태양이 다른 곳으로 져."

다나카가 창밖으로 오렌지가 녹은 듯한 저녁놀을 보며 눈을 가늘게 떴다.

오렌지…… 맞다, 오렌지 홍차는 맛있었을까? 맛없으면 나한테 주겠다고 했으니 맛있었나 보다. 그렇다면 좋다. 다나카가 맛있어하고 기뻐하는 게 제일이니까.

버스가 역 앞에 도착했다. 이제부터는 걸어간다. 도중까지는 다나카와 가는 방향이 같다.

"오늘 정말 즐거웠어. 같이 가자고 해줘서 고마워."

"나도 진짜 좋았어. 분초 선생님이랑 악수도 했고."

결국 그거야? 그거냐고.

"또 가자, 같이."

또 같이. 희망으로 이어지는 다정한 말.

"응, 또 같이 가자."

갈림길까지 왔다. 다나카는 오른쪽, 나는 왼쪽이다.

"아, 맞다. 이거."

다나카가 보랭백을 뒤지더니 조그마한 초콜릿 과자 상자를 내밀었다.

"어? 괜찮아. 너 먹어."

"진짜? 그럼 엄마한테 줘야지. 우리 엄마 초코송이를 좋아하거든. 고마워. 그 대신……은 아니지만."

페트병을 내밀었다. 오렌지 홍차. 3분의 1쯤 남았다.

"맛없어서가 아니야. 맛있었으니까 줄게."

생긋 웃는다. 저녁놀을 받아 다나카의 미소도 오렌지색이었다.

"고, 고마워."

"얼마 안 남았지만 한번 마셔봐. 그럼 갈게. 또 봐."

다나카가 손을 흔들었다.

"응, 또 보자."

통통 튀듯 가볍게 걷는 다나카의 뒷모습이, 어두워지기 시작한 골목 너머로 사라졌다.

이건 도대체 무슨 의미일까.
페트병을 앞에 놓고 팔짱을 꼈다. 아까부터 계속 이러고 있다. 내 방 책상 위에 있는 마시다 만 페트병, 그 안의 오렌지 홍차.
이걸 나보고 어쩌라고?
아니, 물론 다나카는 별다른 의미 없이 줬을 것이다. 단순히 맛있었으니까 마셔보라고 했고, 새로 나온 거라고 했다. 그 정도다. 딱히 깊은 의미는 없다.
그렇지만, 아니, 하지만…… 이걸 마신다면 그건 다시 말해…….
아니다, 어쩌면 다나카는 내가 음료를 잔에 따라 마신다고 생각했을지도 모른다. 아니다, 그렇다고 완전히 무죄라곤 할 수 없다. 다나카의 입술이 닿은 입구를 통해 액체를 따르는 거니까. 어쩌면 좋담?
혹시 다나카는 나를 괴롭히고 고통스럽게 하려고 이걸 준 걸까? 아아, 감당 못 할 만큼 괴로워요, 고통스러워요.
죄 많은 자여, 그대의 이름은 여자이니.
주님, 저는 대체 어떻게 해야 하죠?
앗! 어쩌지?

지금에야 깨달았다. 나는 오늘 내내 기도를 한 번도 올리지 않았다. 아침부터 들떠서 머릿속이 다나카, 그리고 다나카와 함께하는 외출로 가득 찼다. 식사 전에 두 손을 모으지도 않았다. 대체 무슨 일이람. 나는 온종일 신앙을 아주 깔끔하게 잊어버렸다.

뒤늦게나마 깊은 죄를 느끼고 전율했다. 신앙은커녕, 나는 다나카에게 먹을 것을 사주면서 우쭐거렸고, 손이나 어깨에 닿을 때마다 흥분했고, 잘 보이려고 노력했고, 아저씨를 질투하기까지 했다. 오늘 하루 만에 나태, 색욕, 질투, 교만까지 일곱 가지 죄악 중 몇 개를 한꺼번에 저지르고 말았다.

게다가 이 페트병. 호박색의 유혹.

나는 또 한 가지 중대한 사실을 깨달았다.

신부가 되면 평생 독신으로 살아야 한다. 그렇다, 나는 결혼하지 못한다. 그것도 까맣게 잊고 있었다. 완전히 까먹고 다나카의 사소한 행동이나 미소와 말에 들떴다.

어리석은 자여, 그대의 이름은 미카미 신야이니.

신앙의 길을 가려면 다나카를 잊어야 한다. 프로테스탄트라면 좋았을 텐데. 프로테스탄트 목사는 결혼해도 되니. 지금이라도 프로테스탄트로 개종할까?

설마, 그게 가능할 리가 없다. 게다가 그런 이유로. 아아, 주님! 저를 구원해주소서.

"신야, 수도원에서 전화 왔다."

방 밖에서 들린 엄마 목소리에 의자에서 펄쩍 뛸 정도로 놀랐다. 이 타이밍에 수도원에서 전화라니. 호, 혹시 들켰나? 오늘 하루 동안 내가 저지른 죄를.

그렇다. 신께서는 항상 모든 것을 알고 계신다.

"여, 여보세요?"

떨리는 목소리로 전화를 받았다.

"아, 미카미 군. 아버님 상태는 괜찮으신가요?"

신부님이었다. 그렇지만 목소리가 차분해서 지금부터 누군가를 규탄하려는 기색은 전혀 없었다.

신부님이 전화를 건 이유는 조만간 신자를 대상으로 대규모 미사가 있는데 내가 참석할 수 있는지 확인하려는 것이었다.

"일손이 부족해서 혹시 가능하다면 미카미 군이 준비를 도와줬으면……."

"네, 물론입니다. 하겠습니다. 아니, 하게 해주세요. 무슨 일이 있어도!"

신부님의 말이 채 끝나기도 전에 잘라먹으며 대답했다. 켕기는 마음을 떨치려는 듯이. 오늘 일이 상쇄될 만큼 교회를 위해 일하겠다고 맹세했다.

이 오렌지 홍차는 아담과 이브가 낙원에서 추방된 원인인 금단의 과실, 사과다(오렌지만). 입에 대면 다시는 되돌아갈 수 없다.

그렇다고 처분할 마음은 없다. 이것은 다나카의 진심을 상징하기도 하니까. 이런 상반된 생각을 지닌 것부터가, 나는 아직 멀었다는 증거겠지.

그러면 어쩌지? 이것은 이대로 야마나시에 가지고 가기로 했다. 여자가 마시다 만 페트병을 계속 소중하게 들고 다니는 것도 약간 변태 같지 않나. 괜찮을까, 나.

아니다, 닌자나 스파이가 자살용으로 독을 가지고 다니는 것처럼 이 페트병은 내 각오의 표현이다. 신앙의 길을 버리는 순간 이걸 마시겠다. 그때 신의 자식인 미카미 신야는 죽는다. 그리고 속세로 돌아온다.

그때까지 이 액체는 틀림없이 썩을 것이다. 설마 죽지는 않겠지만, 아마 마시면 배탈이 나거나 많이 괴롭겠지. 그래, 충분히 괴로워해야 한다. 그 괴로움이야말로 내게 주어지는 벌일 테니까.

나는 기숙사에서 가져온 가방에 오렌지 홍차 페트병을 넣었다. 여름이 지나고 기숙사 소지품 검사에서 이게 발견되기라도 하면 위험 물질로 여겨질지 모르지만, 지금은 거기까진 생각하지 말아야지.

모든 것은 신의 뜻대로.

그로부터 사흘간 집에서 편하게 보내다가(나를 대하는 가족들의 태도는 여전했지만), 수도원에 돌아가는 날 오전에 다나카의 집을 찾아갔다. 오렌지 홍차 두 병, 다나카와 곤자쿠테이 분초 선생님이 찍힌 사진을 들고.

다나카의 집에는 3월에 딱 한 번 갔을 뿐이지만 길은 똑똑히 기억한다. 일층의 끝 집. 초인종을 눌렀다. 응답이 없다. 아무도 안 나온다. 두세 번 더 눌렀으나 안에 사람이 없는 것 같다. 외출했나 보다. 연락도 없이 왔으니 이상한 일도 아니다.

나는 페트병과 사진과 편지를 담은 종이봉투를 문손잡이에 걸었다. 편지는 아주 짧았다.

다나카 하나미에게

지난번엔 고마웠어. 공연 정말 재미있었어.

올여름 최고의, 아니 내 평생 최고의 추억이자 보물이 될 거야. 정말 고마워.

나는 오늘 수도원에 돌아가.

나는 착한 사람이 될 거야.

부디 다나카와 다나카의 어머니에게 성모 마리아의 가호가 있기를……

짙푸른 여름 산이 가까워졌다. 하늘빛이 도쿄보다 훨씬 진하다.

　야마나시로 가는 기차에서, 내가 마시려고 산 오렌지 홍차 페트병을 땄다. 한 모금 마셨다. 오렌지의 상큼한 향과 맛이 홍차와 잘 어우러지는 것이 어른스러운 맛이었다. 은은한 쌉싸름함과 어렴풋한 달콤함. 비터 앤드 스위트.

　정말이다. 맛있어, 다나카.

　햇빛에 홍차를 비추자 반짝반짝 빛났다. 이 여름날의 기억이 갇힌 것 같다. 안을 들여다보면 그날의, 오렌지색으로 뺨을 붉힌 다나카의 미소가 보이겠지.

"패러렐 월드라고 알아?"

보랏빛 파꽃이 한가득 피었고 까만 나비가 눈앞을 가로질렀다. 학교에서 돌아오는 길, 늘 오가는 하천 풀숲에서 히로키와 나란히 앉아 두런두런 대화를 나눴다.

"패러렐 월드? 몰라."

고개를 저으며 대답했다.

"평행세계나 평행우주, 평행시공이라고도 하는데, 우리가 사는 이 세계 이외에 여러 세계가 병행해서 존재한다는 개념이야. 각각의 세계에 내가 있는데, 예를 들어 지금 나는 시골구석에 사는 평범한 초등학교 6학년생이지만, 다른 세계에서는 연예계에서 활동하는 유망한 젊은 배우일 수도 있고, 또 다른 세계에서는 주목받는 천재 축구 선수일 수도 있다는 거야."

히로키는 볼을 붉히며 자랑스러운 표정으로 말했지만, 설령 다른 세계에 내가 존재하더라도 외모와 능력이 이 세계의 나에서 그대로라면 인생이 그렇게 격변할 것 같진 않다. 그래도 절친인 만큼 굳이 내 의견을 말하진 않았다.

그보다 내 마음은 패러렐 월드에 완벽하게 사로잡혔다. 패러렐 월드, 병행해서 존재하는 여러 세계. 그렇다면 여기가 아닌 다른 세계에서는 형은 지금도 내 곁에 있을까?

히로키는 초능력이나 미확인 비행물체, 네시^{Nessie}나 빅풋^{Bigfoot} 같은 미확인 생물, 시간여행, 사차원 세계, 마술, 예언 같은 초자연현상이라 불리는 것을 속속들이 알았다. 그중에는 출처가 의심스러운 정보도 있었지만 히로키의 이야기는 언제나 자극적이고 흥미로웠다. 현재 히로키의 가장 큰 관심사는 초능력 개발인가 보다.

"패러렐 월드나 시간여행을 체험한 사람에 따르면, 아무래도 초능력 같은 거랑 관계가 있나 봐. 그런 능력을 지닌 사람은 체험하기 쉽대."

"그럼 나는 안 되겠네."

약간 실망해서 중얼거렸다.

"그렇지도 않아. 누구든 잠재적으로는 초능력을 지녔을 가능성이 있으니까. 훈련해서 충분히 끌어낼 수 있어."

히로키는 눈을 반짝이며 주장했다.

"나도 초능력자가 될 수 있다고?"

"물론 그럴 가능성이 있지. 초능력에는 투시, 염사, 염력, 순간이동 등이 있는데 뭐가 좋아?"

"으음, 뭐든 상관은 없는데 염사랑 염력은 좀…… 마음에 떠오른 걸 필름이나 종이에 찍어낸다 해도 '애개, 이게 끝이야?' 싶단 말이지. 손으로 쓰는 게 틀림없이 빠를걸. 굳이 그럴 의미가 없어. 염력도 평범하게 살면서는 딱히 필요를 못 느끼겠어. 저기 있는 리모컨이 갖고 싶다면 마음속으로 생각하기보다 직접 가지러 가는 편이 쉽고, 생각하느라 에너지를 쓰는 게 더 지칠 것 같아. 투시는 트럼프 게임을 할 때는 좋겠다. 최강이야. 그리고 수박 깨기를 할 때도. 매년 상점가 여름 축제 때 수박 깨기 경기가 열리는데, 죽도를 들고 눈을 가린 채 빙글빙글 돌아야 해서 완전히 방향감각을 잃거든. 수박 모양 비치볼을 맞히면 진짜 지바산 수박을 한 통 받는데, 시간제한이 있고 비치볼까지 거리가 꽤 있어서 어려워. 그때는 투시 능력이 있으면 좋겠다고 애타게 바라는데 그래봐야 일 년에 한 번이니까.

그렇다면 역시 제일 좋은 건 순간이동이야. 그거면 아슬아슬한 시각까지 자도 지각은 안 할 테니까. 비가 오는 날에도 안 젖어서 좋고."

"야망이 작다. 모처럼 순간이동을 할 수 있는데. 프랑스나

아프리카나 어디든 갈 수 있어. 그런데 초능력 중에서도 순간이동은 최고 난도래. 가장 어려워."

"그렇겠지?"

순간이동을 할 수 있다면 내가 가고 싶은 곳은 딱 한 군데뿐이다. 하지만 히로키에게는 말할 수 없다.

"남의 마음을 읽는 능력도 있지. 하지만 이것도 필요 없어. 생각해봐, 싫지. 남이 무슨 생각을 하는지 전부 아는 거. 모르는 편이 나은 일도 틀림없이 있을 테고, 남이 내 마음을 읽는 것도 싫고. 이거야말로 최악이야. 나도 엉뚱한 생각만 하는걸. 부모님이나 선생님한테 혼날 때도 머릿속으로 노래를 부르거나 욕을 하기도 하니까. 들키면 진짜 큰일 날 거야. 그러니까 이 능력도 필요 없어."

"그러게."

하지만 만약 그때 형의 마음을 읽었다면, 형이 무슨 생각을 하는지 알았다면, 나도 무언가 할 수 있는 일이 있었을지도 모른다.

"뭐……, 우선은 평범하게 숟가락 구부리기부터 해보는 게 좋겠지."

"엄마한테 들키면 혼나겠지만."

킥킥 웃으며 일어났다. 요즘은 날이 짧아졌다. 여름 방학 때는 아직 밖에서 놀던 시간인데 벌써 주위가 붉게 물들기 시작했다.

"해가 지네. 마魔를 만나는 시간이야."

걸으며 히로키가 말했다.

"무슨 소리야?"

"마물이나 요괴와 마주치는 괴이한 시간대란 뜻이야. 해 질 무렵, 조금씩 주위 풍경이 잘 보이지 않을 때면 마물이나 요괴가 나타나니까 조심하라는 거지. 시간이 좀더 지나면 서쪽 하늘부터 차츰차츰 새빨간 저녁놀이 사라지고 남빛 하늘이 되잖아. 그걸 오마가도키大禍時라고 하는데 뭔가 꺼림칙하고 불길한 일이 벌어지는 시간이야."

그렇게 말하는 히로키의 얼굴도 오른쪽 절반이 어둡게 그늘이 져서 조금 무서워 보였다.

"특히 십자로가 말이지."

언제나 작별 인사를 하는 십자로에 접어들었다.

"십자로는 옛날부터 현세와 내세의 경계였어. 사람들이 만나고 헤어지는 이 교통의 요지는 이세계異世界와 현실의 교차점이기도 해. 여기엔 사람 아닌 것들이 사는 세계로 가는 입구가 있어서 마물이 숨어 있다고 하니까, 마를 만나는 시간에는 십자로를 조심해야 한대."

이세계로 가는 입구, 마를 만나는 시간. 어쩌면 형은 이 십자로에서 마물과 만나고 말았을까?

나는 그날 밤 컴퓨터로 십자로와 마를 만나는 시간과 패러렐 월드를 검색했다. 십자로에 이세계와 연결된 입구가 있다면, 그곳이 패러렐 월드로 통하는 길일까? 사차원과는 다른가? 조사하다가 '십자로 점괘'라는 것을 알게 되었다. 알고 싶은 것을 머릿속으로 생각하며 저녁 무렵 십자로에 서서 지나가는 사람들의 대화 내용을 바탕으로 점을 친다. 우연히 그곳을 지나는 사람들의 말을 신의 신탁으로 간주하는 것이다. 십자로는 사람이나 마물뿐 아니라 신도 지나는 장소라고 한다.

신이라면 분명 알고 계시겠지. 형이 지금 어디 있는지.

그러나 길에서 전단을 돌리는 부모님에게는 신의 말씀이 들리지 않았다. 십자로가 아니었기 때문일까?

아빠와 엄마는 형의 사진과 함께 얼굴과 신체 특징을 기록한 전단을 천 장이나 직접 만들어 길 가는 사람들에게 돌렸다. 오가는 사람에게 애원하며 물었다.

저희 아들을 모르시나요? 본 적 없으세요? 사소한 정보라도 좋으니 짐작 가는 것이 있는 분은 꼭 연락해주세요. 기다리겠습니다.

'이 사람을 찾습니다.'

전단에는 붉은 글자가 커다랗게 적혀 있었다.

형은 어느 날 갑자기 없어졌다. 모습을 감췄다. 정말 사라진 것처럼 없어졌다.

    나와 형은 나이가 열두 살이나 차이가 난다. 내가 유치원에 들어갈 때 형은 이미 성인에 가까웠다. 형제 싸움도 한 적이 없다. 이 정도로 터울이 지면 싸움 자체가 되지 않으니까.

    형은 성격이 차분해서 내가 기억하는 한 화를 낸 적이 한 번도 없다. 예의가 발라 모두에게 사랑받았고, 중고등학생 때는 학생회 일도 했으며 성적도 늘 상위권이었다. 이런 자랑스러운 형은 나에게 공부도 가르쳐주고 재미있는 이야기도 잔뜩 들려주었다.

    그런 형이 사라진 것이다.

    형은 지방 국립대 4학년생이었다. 공학부였고 일찌감치 취직도 했다. 현 내의 우량 기업이었다. 친구 관계도 좋고 성적도 우수하고 가정에도 문제가 없었다. 그런데도 없어졌다.

    형이 사라진 그날 아침도 평소와 똑같을 뿐 이상한 점은 없었다. 다 같이 아침밥을 먹었다. 10월이었다. "마당에 감나무가 드디어 물들었네." "작년보다 조금 늦었어." 아빠와 엄마가 그런 대화를 나눴다.

"운동회가 언제랬지?"

    아빠가 신문에서 고개를 들고 내게 물었다.

"다음 주 일요일이야."

    형은 요구르트에 자신이 좋아하는 블루베리 소스를 뿌려 먹고 있었다.

"다음 주 일요일에 괜찮아? 형도 올 수 있어?"

"응, 괜찮아. 갈 수 있어."

"신난다. 약속이야."

형이 다정하게 웃으며 고개를 끄덕였다. 내 눈을 똑바로 바라보면서.

"얘야, 미쓰. 시간 됐다."

엄마가 시계를 보며 말했다.

"아, 진짜네. 다녀오겠습니다."

"잘 다녀와."

배웅하는 그 목소리를 두 번 다시 듣지 못하리라고는 꿈에도 몰랐다.

평소와 같은 아침. 평소와 같은 대화. 그런데 그날, 형은 돌아오지 않았다.

평소와 똑같이, 학교에 갈 때의 복장에 소지품을 들고 평범하게 집을 나갔다고 한다. 방의 컴퓨터나 옷은 다 그대로였고 뭔가 챙겨 간 흔적도 없었다. 휴대폰은 가지고 갔으나 연결되지 않았고 소지금도 큰 액수는 아니었다고 한다.

말 그대로 연기처럼 사라졌다. 한 사람이, 거짓말처럼.

가정에도 학교에도 문제가 없고 가출할 이유도 전혀 짐작이 안 가니 처음에는 사건이나 사고에 휘말렸을 가능성도 고려

했다. 초반에는 경찰도 조사해주었으나 사고라든가 하는 목격 정보가 전혀 없었다. 부모님이 실종 신고를 냈지만 성인 남성이다 보니 '일반적인 가출'로 여겨져 진지하게 수사가 시작되지는 않았다.

형이 가출을 했다고? 설마, 그럴 리 없다.

왜냐하면 약속했으니까. 운동회를 보러 오겠다고. 형은 나에게 단 한 번도 거짓말을 한 적이 없으니까.

부모님도 필사적으로 형을 찾았다. 형이 들를 만한 곳을 닥치는 대로 뒤졌고, 대학 친구나 교수를 찾아가 이야기를 들었다. 대학 쪽도 적극적으로 협력해주었다. 지방 신문에 개인 광고를 내기도 했다. 그런데도 도무지 실마리를 찾지 못했다.

그러다가 이미 살해되어 어딘가에 묻혔다느니, 뺑소니 사고를 당했는데 범인이 증거 인멸을 하려고 바다에 사체를 버렸다느니 하는 소문이 돌아 우리 가족을 한없이 괴롭혔다. 가장 잔인한 소문은, 사실 부모가 의심스럽다, 아들을 살해한 뒤 은폐하려고 행방불명인 척 꾸미고 비극의 부모인 양 자작극을 벌인다는 이야기였다.

엄마는 몸 상태가 나빠졌고, 아빠도 회사를 꽤 오랫동안 쉬었다.

몇 개월 후, 경찰에서 연락이 왔다. 산에서 신원불명 사체가 발견됐다고 했다. 형과 신체적 특징이 비슷하니 확인하러 오라는 연락이었다.

형은 오른쪽 뺨에 독특한 점이 있다. 약간 큰 점이 세 개나 나란히 예쁘게 자리했다. 두 개라면 몰라도 세 개까지 있는 사람은 잘 없으리라.

"신경 쓰이면 어른이 돼서 빼면 돼. 요즘은 점도 간단히 뺄 수 있다더라."

엄마가 그렇게 말했었다.

"어려서는 하도 놀리니까 싫었는데 지금은 이거 꽤 마음에 들어요. 세 개나 나란히 있으니까 꼭 오리온 별자리의 삼형제 별 같잖아요? 혹시라도 무슨 일이 생겼을 때, 나인 줄 금방 알 수 있어요."

형은 자기 오른쪽 뺨의 점을 가리키며 그렇게 대답했다.

"무슨 일이 생겼을 때는 뭐니? 얘도 참……, 불길한 소리 하지 마."

엄마가 약간 질색하며 노려봐서 가족 모두 웃었던 기억이 있다. 그때 했던 말이 현실이 될 줄이야.

부모님은 경찰서를 찾아갔고 나는 집에서 기다렸는데, 부모님이 올 때까지는 텔레비전을 보기도 싫었고 만화책을 읽기도 싫었다. 집에서 오로지 기도만 올렸다.

우리 차의 엔진 소리가 들렸고 부모님이 돌아왔다. 아빠가 힘없이 웃으며 고개를 저었다.

아니었다. 삼형제별이 없었다고 한다.

엄마는 기뻐할 줄 알았는데 얼굴에 미소가 없었다. 눈 주변이 새까맣게 가라앉고 비쩍 말라서 꼭 할머니처럼 보였다.

나는 단 하루도 형을 생각하지 않는 날이 없었다. 형은 왜 사라졌을까? 우리 집을 떠난 걸까? 남들 눈에만 행복해 보이는 사람이었지, 남에게 알리지 못할 어떤 문제가 있었을까? 아니면 우리 집을 싫어했나? 우리 가족을 싫어했나?

그렇잖아? 나를 귀여워했다면 집에서 나갈 리가 없잖아. 형은 나를 싫어했나? 싫은 점이 있으면, 말해줬다면 어떻게든 고쳤을 텐데.

설마, 절대 그건 아니다.

언제나 내게 다정했던 형. 가족을 사랑했던 형. 아르바이트 월급을 받으면 엄마가 좋아하는 케이크를 사 왔다. 매일 야근해서 피곤한 아빠를 위해서 이마에서 땀을 뻘뻘 흘리며 열심히 안마를 해주었다. 우리 학교에서나 유행했지 어른에게는 시시했을 놀이도 웃으며 같이 해주었다.

형은 내가 뭘 하든 칭찬을 해줬다. "대단하구나, 미쓰는. 축구도 그림도 글도 노래도 형이 어렸을 때보다 훨씬 잘해"라고 말해주었다.

가족에게만 다정한 사람도 아니었다. 주위 사람에게도 세심하게 신경 썼고 누구에게나 친절하고 살가웠다. 같은 반 친구 중 누가 하루라도 결석하면 다음 날 반드시 말을 걸곤 했다. 그러니 모두에게 사랑받았다.

그런 형이 가출할 리가 없다.

그렇다면 왜 모습을 감췄을까. 모습을 감췄다, 그래, 우리 형은 사라졌다. 하지만 그럴 수 있을까? 다 큰 성인이 흔적도 없이 사라지다니.

"어쩌면 가미카쿠시*일지도 몰라."

히로키가 한 말이었다.

"가미카쿠시?"

들어본 적 있는 말이다.

"책에 나오는 옛날이야기 아니야?"

"아니야. 요즘도 가미카쿠시가 아니고선 설명 못 하는 사례가 많이 있어."

"진짜로?"

히로키에 따르면, 연간 행방불명자가 팔만 명이나 있는데 대부분은 어떤 이유가 있어서 자기 의사로 가출한 사람이지만, 그중엔 도저히 설명하거나 이해할 수 없게 사라진 사람도

---

* 神隱し. 예로부터 사람이 갑자기 행방불명되는 것을 신이나 요괴가 데려갔다고 생각한 데서 비롯한 말.

있다고 한다. 몇 가지 예를 들어주었다.

조사하려고 동굴에 들어갔다가 행방불명된 대학생.

자기 방에서 자던 초등학생 남자애가 아침이 되자 사라진 사건. 문은 잠겨 있었고 외부에서 누가 침입한 흔적도 없었다.

가족끼리 야트막한 산에 놀러 갔는데, 조금 전만 해도 어머니 뒤를 잘 쫓아오던 회사원 딸이 문득 돌아봤더니 사라진 사건. 계곡에 떨어졌거나 길을 잘못 들었으리라 여겨 경찰도 인력을 총동원해 수색했으나 소지품 하나 찾지 못했다.

그 밖에도 일가족 다섯 명 전원이 사라진 사례도 있다. 휴대폰이나 통장도 전부 집에 있었고, 식탁 위에는 먹다 남은, 인원수만큼의 저녁 식사가 놓여 있었다고 한다.

"이쯤 되면 알겠지? 가미카쿠시가 아니고 뭐겠어?"

가슴이 두근두근 뛰었다.

형도 어쩌면.

"그래도 돌아온 일도 있어."

"어? 진짜?"

"태국 시골에서 밭일을 하다가 사라진 딸이 이십 년 후에 그때와 똑같은 모습으로 돌아오기도 했고, 일본에서도 도호쿠 지방에서 숨바꼭질 놀이를 하던 중에 사라진 여자애가 일주일 후에 집 처마 밑에 멍하니 서 있기도 했대."

"어떻게 돌아온 걸까?"

"본인도 기억 못 하는 경우가 많다더라. 어쩌다가 우연히 지금 있는 세계와는 다른 세계로 날아갔다고 생각해보면, 그 세계와 우리 세계는 아마 시간이 흐르는 속도가 다를 거야. 이쪽에서는 며칠 혹은 몇십 년이 지났어도 그쪽에서는 겨우 몇 분이 흘렀거나 혹은 그 반대일 때도 있겠지. 그리고 이쪽 세계로 돌아올 때는 기억이 지워지는 건지도 몰라."

"누가 지워? 외계인?"

"그럴 수도 있겠지만 시간을 관장하는 관리인이라거나?"

히로키의 이야기는 언제나 나를 자극하고 흥분하게 했다. 희망으로 이어지는 이야기였으니까.

형도 우연히 다른 세계로 끌려갔거나 날아갔다고 생각하는 것이 제일 그럴싸하다. 그날, 형이 어디에선가 이세계로 이어지는 시공의 틈새에 떨어졌다고 생각하면 납득할 수 있다.

그건 패러렐 월드와는 또 다를까?

아니, 다르든 다르지 않든 그런 것이 있다는 시점에서 가능성이 넓어진다.

세상에는 과학으로 설명하지 못하는 신비로운 일이 아주 많다. 마술, 초능력, 예언, 환생, 미확인 비행물체, 미확인 생물. 시간여행이나 빅풋이 존재한다면 형이 이세계로 날아갔다가 다시 돌아오는 것도 가능하지 않겠어?

초자연현상을 믿는 것은 곧 형의 생환을 믿는 것이다. 그런 신비로운 일이 실제로 있다면 형에게 신비로운 현상이 생겼다 해도 이상하지 않다.

원래 그런 것을 좋아하는 기질이기도 했는지, 알면 알수록 나는 오컬트 세계에 흠뻑 빠져들었다.

히로키는 초등학교를 졸업하자마자 오이타에서 후쿠오카로 이사를 갔다. 연하장을 몇 번인가 주고받은 기억은 있는데 어느새 연락이 끊어졌다. 그래도 오컬트 세계를 알 기회를 제공해준 히로키에게는 지금도 고마움을 느낀다.

중학교, 고등학교에 진학해서도 오컬트를 향한 나의 열기는 식지 않았다. 오히려 더욱 심오한 지식을 쌓으며 점점 더 빠져들었다. 이해하기 어려운 내용일수록 심취했다. 그것은 나를 지탱하고 살게 하는 에너지원이었다. 그 밑바탕에는 항상 형이 있었다. 이렇게 이상한 일이 생긴다면, 홀연히 사라진 사람이 어느 날 홀연히 돌아와도 전혀 이상하지 않다.

부모님에게는 말하지 않았다. 형이 사라진 후 시간이 지남에 따라 속으로 어떤 결론을 내렸는지는 몰라도, 부모님은 표면상으로 냉정함을 회복해서 예전 같은 평온한 일상을 되찾았다.

형 때문에 평생 할 마음고생을 다 했을 부모님을 더는 괴롭히기 싫어서 나는 열심히 공부했고 학교에서도 우등생으로 통했다. 원래 공부를 싫어하진 않았으니 성적은 늘 상위권이었다.

하지만 학교에서도 무심코 오컬트 이야기를 꺼내곤 했고 일단 입 밖으로 꺼내면 스위치가 켜진 것처럼 열정적으로 떠들다 보니 그때마다 반 친구들이 나를 멀리했다. 다행히 성적이 좋았던 덕분에 수재 중 흔히 보이는 특이한 인간이라는 캐릭터를 얻어서 학교생활을 하기에는 불편하지 않았다.

고등학교를 졸업한 후에는 고향 오이타를 떠나 도쿄에 있는 대학에 진학했다. 처음에는 친구들에게 이끌려 술자리에도 참석했으나 거기에서도 무심코 오컬트 스위치가 켜져서 주위를 얼어붙게 했다.

특히 여자들 반응이 심했다. 기이한 존재를 보는 눈으로 나를 쳐다봤으나 아무래도 좋았다.

오컬트는 내 인생의 핵심, 살아가는 신념이었다. 오컬트를 믿는 것이 곧 형이 살아 돌아오리라는 사실을 믿는 것이었으므로.

대학을 졸업하고, 나는 도쿄 도내 초등학교의 교사가 됐다. 힘든 일도 많지만 보람을 느꼈다. 그러나 수업 중에 이야기가 궤도를 이탈하면 역시나 오컬트 쪽으로 가버려서 그럴 때마다 교실이 썰렁해지고는 했다. 학부모에게서 여러 번 불만 사항도 접수된 듯하다. 오컬트와 관련된 키워드가 조금이라도 나오면 도저히 멈추질 못했다. 그러면서 한편으로 그런 내가 자랑스럽기도 했다. 형을 열렬히 그리워하는 증거라고 생각했다.

교실에서는 역시 여학생들의 시선이 쌀쌀맞았는데, 그 아이만은 달랐다. 벌써 졸업한 학생이지만 그 아이, 다나카 하나미. 그 아이만큼은 매번 내 이야기를 열심히 들어주었다. 때로는 가볍게 고개를 끄덕이면서. 나를 똑바로 바라보면서.

영국에서 쓰는 '장식장 안의 해골'이라는 표현에 대해 이야기했을 때도, 다른 아이들은 '해골'이라는 단어에 과민 반응하며 무서워했으나 다나카 하나미는 달랐다. 내가 하는 말의 의미를 제대로 이해했고, 마침 학급 일지 당번이어서 이런 글도 썼다.

'장식장 안의 해골, 어떤 가정에나 감추고 싶고 비밀로 삼고 싶어하는 일이 있다고 하셨죠. 정말 그렇다고 생각해요. 우리 집에는 장식장이 없어요. 어디서 받아 온 찻장만 있어요. 하지만 해골은 틀림없이 있을 거예요. 찻장에는 다 들어가지 못하겠지만요. 선생님 댁 장식장에도 해골이 있나요?'

있어요, 다나카 양. 장식장이 아니라 선생님의 마음 깊은 곳에 오랫동안 있었어요. 그렇다고 감추려던 건 아닙니다. 소중히 간직하고 싶었습니다. 선생님의 해골은 따뜻하게 웃으며 선생님의 마음을 늘 달래준답니다.

"기도 선생님."

어느 날 방과후, 복도에서 다나카 하나미가 말을 걸었다.

"음? 왜 그러죠?"

"오늘 이과 시간에 선생님이 말씀하신 패러렐 월드 얘기요, 진짜 재미있었어요."

"그래요? 그거 기쁘군요. 다나카 양은 패러렐 월드가 진짜 있다고 생각하나요?"

"음……, 반드시 있다고 말할 순 없지만 있으면 좋겠다고 생각해요."

"다른 세계에 있는 다나카 양은 어떨 것 같죠?"

"저는 어디에 가든 별로 달라지진 않겠지만, 만약에 환경이 다르다면……."

거기까지 말하고 다나카 하나미는 입을 다물었다. 눈동자에 어두운 빛이 어렸다. 다나카 하나미는 모녀 가정이다. 굉장히 힘이 넘치는 어머니와 함께지만 역시 쓸쓸하지 않을까.

이 아이가 갈망하는 다른 세계에는 아버지가 존재할지도 모른다. 무언가를 잃은 채 살아가는 동지끼리는 서로의 쓸쓸함을 민감하게 감지하나 보다. 다나카 하나미의 슬픔이 가슴에 스며들었다.

"다시 태어나는 환생이랑 패러렐 월드는 다른가요?"

다나카 하나미가 고개를 들고 물었다.

"전혀 다릅니다. 환생은 육체가 생물학적으로 죽음을 맞은 후에 그 핵심, 즉 영혼이 다른 형태나 다른 육체를 얻어 새로운 생활을 시작하는 개념이니 패러렐 월드와는 달라요."

"그렇구나. 그래도 다시 태어나거나 패러렐 월드에 가더라도 담임 선생님은 기도 선생님이 좋아요."

다나카 하나미가 밝게 웃었다.

"그래요? 고마워요, 다나카 양."

슬픔에 무너질 것 같으면, 쓸쓸함이 사무칠 것 같으면 무리해서라도 웃는다.

나도 잘 알아요, 다나카 양. 선생님도 그렇게 살고 있으니까.

"네, 선생님은 재미있으니까요. 다른 사람들이 뭐라고 말해도요."

응? 마지막 말이 좀 걸리지만, 뭐 됐다. 내 앞에 선 다나카 하나미가 웃고 있으니까.

다나카 하나미와 헤어져 교무실로 돌아왔다. 날이 제법 짧아졌다. 창 너머로 들어오는 저녁 햇살이 벽과 책상, 파일을 발긋하게 물들였다. 패러렐 월드에서도 태양은 동쪽에서 떠서 서쪽으로 질까.

해 질 무렵은 위험하다. 특히 저녁놀이 유난히 아름다운 날은. 마음이 어수선하고 괴로워진다. 마를 만나는 시간, 마물이

어슬렁거리기 시작하는 시간. 마음이 현혹되는 것은 마물의 짓일까.

다나카 하나미는 이 마를 만나는 시간에 돌아갔다. 붉게 물든 하늘을 보며 무슨 생각을 할까.

하늘에서 붉은빛이 사라지고 물 흐르듯이 남빛이 퍼지며 어둠이 접근하면 오마가도키가 시작된다. 다나카 하나미가 거대하고 꺼림칙한 무언가에 삼켜지지 않고 무사히 어머니가 기다리는 집에 돌아갈 수 있기를.

이런 생각도 다, 마를 만나는 시간이어서 하는 것인지도 모른다.

오랜만에 신주쿠를 찾았다.

평소엔 거의 올 일이 없는데, 오늘은 대학 시절 친구의 결혼식이 신주쿠 호텔에서 있었다. 낮부터 피로연이 열려서 오후 네시 전에 끝났다. 다들 2차도 가자고 했으나 내일부터 사회 견학 수업이 있어서 일찍 일어나야 한다는 구실을 들며 거절했다.

10월 말, 날씨도 좋아서 조금 걷고 싶었다. 이 부근의 지리는 잘 모른다. 한 발 들였다가 '외설'이라는 말이 어울릴 법한 길거리 풍경이 나와 당황했다. 수상해 보이는 가게, 선정적인 간판이 즐비했고, 딱 봐도 가까이하면 안 될 듯한 사람들이 제 세상인 양 활보했다.

환락가, 번화가. 조금만 정신을 놓으면 순식간에 잡아먹힐 것 같다. 그저 걷기만 할 뿐인데 긴장했다.

잠들지 않는 거리, 불야성.

나와는 인연 없는 세계다. 그 사실이 한편으로 안심됐다. 나는 날이 저물면 침대에 누워 푹 자고 태양이 뜨면 일어나 학교에 가서 아이들과 지내는 생활이 좋다. 내게 잘 맞는다.

소란스러움을 피하려고 모퉁이를 돌자 사람들의 왕래가 비교적 적은 골목이 나왔다. 주변 가게도 프랜차이즈 술집이나 소박한 음식점이 많았다. 목적도 없이 걸음을 옮기는데, 저 앞에 레몬옐로 원피스를 입은 머리 긴 여자가 서 있었다.

서 있다기보다 당황해서 우뚝 멈춰 섰다고 말하는 편이 옳다. 얼굴은 이쪽을 향해 있는데 그 시선은 분명히 내게 꽂혔다.

본 적 없는 여자다. 내가 잊었을 뿐이고 그쪽은 나를 아는지도 모르지만, 어쨌든 전혀 기억나지 않았다.

여자인데 키가 아주 컸다. 굽 있는 구두를 신어서 그렇겠지만 최소 180센티미터는 넘어 보인다. 거구다. 저렇게 눈에 띄는 여자라면 아마 기억했을 텐데……. 의아하게 여기며 계속 걸었다.

거리가 가까워졌다. 여자 바로 근처까지 갔다.

아.

오른쪽 뺨에 세 개 연속한 점이 내 시야에 들어왔다. 그것이 분명히 꽂히듯이 나를 꿰뚫었다. 다리가 굳어버려서 꼼짝할 수 없었다.

설마. 하지만 저 눈은……, 나를 바라보는 저 눈빛은 틀림없이…….

틀림없이…….

얼마나 마주 보고 있었을까. 먼저 시선을 피한 것은 상대방이었다. 시선을 아래로 내리고 그대로 내 옆을 지나려 했다.

"잠깐만."

그 뒷모습을 보며 불렀다. 멈추지 않는다.

"형!"

레몬옐로 등이 움찔 움직임을 멈췄다.

몇 년 만에 이렇게 불러보는 것일까. 오가는 사람들이 쳐다볼 정도로 큰 소리로 외쳤다.

그러나 돌아보지 않는다. 나도 움직이지 않는다.

잠시 후, 여자가 아니, 형이 이쪽을 등진 채 팔꿈치를 굽혀 오른손을 위로 들어올렸다. 그 손으로 브이 사인을 만들었다.

앗, 갑자기 왜?

이어서 약지를 세워 손가락을 세 개로 만들고, 이어서 검지와 엄지로 동그라미를 만들었다.

아아, 이건.

후미오. 후미오.*

형은 손가락으로 동그라미를 만든 손을 크게 바이바이 하듯이 흔든 뒤, 등을 당당하게 펴고 모델처럼 우아하게 걸어 골목으로 사라졌다. 이쪽을 한 번도 돌아보지 않고서.

우리 형제의 이름인 후미오와 미쓰오는 할아버지가 지었다. 그래서 약간은 옛날 느낌이다. 초등학생 때 친구들이 아저씨 이름 같아서 촌스럽다고 놀리곤 했다.

"나는 내 이름이 싫어. 옛날 사람 같아. 이름을 바꾸고 싶어. 쇼나 쓰바사 같은 멋있는 이름으로. 형도 그렇게 생각하지? 후미오는 싫지?"

뾰로통한 내게 형이 말했다.

"아니야, 형은 마음에 들어. 후미오는 좋은 이름이야. 이렇게 한 손으로 표시할 수 있거든."

그러면서 손가락을 두 개, 세 개 세우더니 마지막으로 검지와 엄지로 동그라미를 만들었다.

"마지막에 이런 형태가 되는 게 좋아. 오케이 사인이잖아. 잘되어 가, 최고야, 만족했어, 옳아, 아주 좋아, 라는 만사 오

---

* 2는 일본어로 '후타'나 '후타쓰', 3은 '미'나 '미쓰'로 읽는다. 2와 3을 첫 번째 발음, 숫자 0을 알파벳 O로 바꿔 손가락으로 '후미오'를 만든 것.

오 마이 브라더 215

케이의 O잖아. 그러니까 후미오는 괜찮아, 잘 지내요, 라는 의미지."

"와, 진짜다. 대단하다."

"미쓰 이름으로도 할 수 있어. 봐, 형이랑 손가락을 반대로."

그러면서 먼저 손가락 세 개를 세웠다가 두 개로 줄이고, 마지막에 동그라미를 만들었다.

"아, 미쓰오. 미쓰오네!"*

나는 신이 나서 손가락 사인으로 이름을 계속해서 만들어 보았다.

그 후로 우리는 무슨 일만 있으면 서로 손가락 사인을 만들어 보였다. 운동회 때, 달리기 경주를 하다가 넘어진 내게 학부모석에 앉아 있던 형이 손을 들어 손가락 사인을 보냈다.

3, 2, 0. 미쓰, 괜찮니?

그러면 나도 손가락 사인으로 대답한다.

3, 2, 0. 나는 괜찮아, 기운 넘쳐.

내가 엄마에게 혼날 때도 형은 엄마 뒤에서 들키지 않게 '3, 2, 0, 미쓰, 괜찮을 거야' 하고 손가락 사인으로 격려해주었다.

형의 대학교 합격 발표 날, 학교에서 날듯이 돌아왔더니 거실에 있던 형이 손가락을 세웠다.

---

* 이번에는 숫자 2를 영어 'two'로 보아 '쓰'로 읽었다.

2, 3, 0, 후미, 최고야, 만사 오케이.

그때 우리는 얼싸안고 기뻐했다.

우리 형제만이 아는 비밀 사인이다.

"만약 다시 태어나도 우리가 이 사인을 잘 기억하면 내세에도 반드시 알아볼 수 있어. 우리가 전생에 형제였다는 증거야. 그러니까 이것만큼은 잊어버리지 말자. 무슨 일이 있어도. 약속이다?"

"응, 형. 꼭 기억할게. 약속할게."

역시 형이다. 형의 말은 언제나 옳다. 정말이지 그렇다.

형과 동생이라는 증거. 우리 둘을 이어주는 인연인 손가락 사인. 그 오케이 사인을 보낸 손을 흔들며 형은 신주쿠 골목으로 사라졌다. 등을 똑바로 세우고 가슴을 활짝 펴고, 앞만 보고 돌아보지 않고. 자신감 넘치는 우아한 발걸음으로 멀어졌다.

후미오는 기운 넘쳐, 괜찮아, 만사 오케이.

그랬구나. 형은 다른 세계로 날아간 것이 아니라 자기 세계를 찾은 것이다. 자신이 바라던 세계로 갔다. 스스로 다시 태어나서.

그래, 그랬어. 그랬던 거였어.

유쾌한 기분을 참지 못해 실실 웃음이 흘렀다. 눈에 진한 주황빛이 스쳤다. 아아, 저녁놀이다. 대도시에서 보는 저녁놀도 훌륭하구나.

마를 만나는 시간이 시작됐다. 마물이 나와 돌아다니는 시간대다. 다만 내가 만난 사람은 마물이 아니었다. 계속, 평생에 걸쳐 만나고 싶었던 사람이다.

마를 만나는 시간이 아니라, 형을 만나는 시간이다.

형을 만나다, 봉형逢兄. 오케이, OK인가.*

내가 생각하고도 웃겨서 아랫배에 힘을 주며 웃었다. 옆에서 길을 지나는 사람들이 의심스러운 시선을 던지든 말든. 뭐 어떤가. 지금은 약간 이상한 사람이 옆에 있어도 괜찮은 시간이니까.

그래, 다음에 다나카 하나미를 만나면 말해줘야겠다.

패러렐 월드는 존재합니다. 그곳의 시간을 열심히 살아가는 사람이 분명히 있답니다. 다시 태어날 수도 있어요. 내세를 기다리지 않고도 다시 태어날 수 있어요.

그 아이라면 틀림없이 이해해줄 것이다.

잠들지 않는 거리에도 해가 뜨고 해가 진다. 그곳에서 살아가는 사람이 있다.

다나카 양, 선생님은 굉장히 기분이 좋아요. 하지만 왜 이럴까요. 아까부터 저 불그스름한 하늘이 번져 보이네요. 자꾸만, 자꾸만 눈물이 넘쳐서.

---

* '봉형'을 일본어로 읽으면 '오케이'와 같은 발음이 된다.

선생님은 눈물이 이렇게 뜨거운 줄 미처 몰랐어요.

아마도 저 저녁놀 때문일 거예요. 주변을 녹일 듯이 빨갛게 물들어 불타며 지는 저녁놀이 뜨겁기 때문일 거예요.

그렇지요, 응? 다나카 양.

작가의 말

　소설을 쓰는 일을 흔히 자기 깃털을 뽑아 옷감을 짜는, 동화 『은혜 갚은 학』 속의 학에 비유하곤 하는데, 저도 글을 쓸 때는 마치 학이 된 심정으로 원고와 마주합니다.

　그러다 보니 작품 하나를 쓸 때마다 만신창이가 되고, 단행본 한 권을 마무리했을 때는 깃털이란 깃털은 다 뽑혀서 알몸이 되어버린답니다. 학이 아니라 크리스마스 칠면조처럼요.

　그로부터 일 년에 걸쳐 간신히 깃털이 자라면 또 뽑아서 이야기를 짜내죠. 그런데 올해는 깃털이 다 나기까지 시간이 걸려서 좀처럼 베틀 앞에 앉질 못했어요. 마침내 엉덩이에 불이 붙어 반딧불이가 된 채로 책상에 앉은 것이 5월 무렵이었죠.

　그래도 궁지에 몰린 쥐가 고양이를 문다는 속담처럼, 궁지에 몰릴 때면 자신도 몰랐던 힘이 샘솟아 영감이 몰려오기도 하죠. 글을 마무리할 때쯤 저는 말 그대로 궁지에 몰린 쥐였답니다.

이렇게 학이 되기도 하고, 반딧불이가 되기도 하고, 쥐가 되기도 하고, 다양하게 탈바꿈하며 어떻게든 여기까지 왔습니다. 지금은 또다시 거의 칠면조 상태네요.

이러한 동물 스즈키 루리카의 세 번째 이야기, 『엄마의 엄마太陽はひとりぼっち』입니다. 타고나길 나무늘보(또 동물!) 같은 작가인 저지만, 하나미와 다른 인물들이 잘 움직여줬습니다. 저는 플롯을 짜는 일이 전혀 없어서 글을 쓰기 시작하면 등장인물들이 얼마나 잘 움직여주느냐에 모든 것이 달렸는데, 이번에도 다들 자기들 삶을 생생하게 살아주었어요.

중학생이 되어 조금 더 어른스러워진 하나미와 미카미. 앞으로도 같이 성장할 수 있으면 좋겠습니다.

다음에도 또 깃털을 풍성하게 갖추고 여러분과 만날 수 있기를 기대합니다.

스즈키 루리카

옮긴이 이소담

대학 졸업반 시절에 취미로 일본어 공부를 시작했고, 다른 나라 언어를 우리말로 바꾸는 일에 매력을 느껴 번역을 시작했다. 읽는 사람이 행복해지고 기쁨을 느끼는 책을 우리말로 옮기는 것이 꿈이고 목표다. 옮긴 책으로 『다시 태어나도 엄마 딸』, 『양과 강철의 숲』, 『하루 100엔 보관가게』, 『변두리 화과자점 구리마루당』, 『그러니까, 이것이 사회학이군요』, 『당신의 마음을 정리해드립니다』, 『오늘의 인생』 등이 있다.

엄마의 엄마

초판 1쇄 인쇄 2021년 1월 8일
초판 3쇄 발행 2024년 9월 2일

지은이 스즈키 루리카
옮긴이 이소담
펴낸이 김선식

부사장 김은영
콘텐츠사업본부장 임보윤
콘텐츠사업10팀장 김정택   **콘텐츠사업10팀** 이슬, 이나영, 김유리
마케팅본부장 권장규   **마케팅2팀** 이고은, 배한진, 양지환   **채널2팀** 권오권
미디어홍보본부장 정명찬   **브랜드관리팀** 오수미, 김은지, 이소영, 서가을
뉴미디어팀 김민정, 이지은, 홍수경, 변승주
지식교양팀 이수인, 염아라, 석찬미, 김혜원, 백지은, 박장미, 박주현
편집관리팀 조세현, 김호주, 백설희   **저작권팀** 이슬, 윤제희
재무관리팀 하미선, 윤이경, 김재경, 임혜정, 이슬기
인사총무팀 강미숙, 지석배, 김혜진, 황종원
제작관리팀 이소현, 김소영, 김진경, 최완규, 이지우, 박예찬
물류관리팀 김형기, 김선민, 주정훈, 김선진, 한유현, 전태연, 양문현, 이민운
외부스태프 반지수(표지 일러스트)

펴낸곳 다산북스   **출판등록** 2005년 12월 23일 제313-2005-00277호
주소 경기도 파주시 회동길 357 3층
전화 02-704-1724   **팩스** 02-703-2219   **이메일** dasanbooks@dasanbooks.com
홈페이지 www.dasanbooks.com   **블로그** blog.naver.com/dasan_books
종이 신승지류   **출력·인쇄** 민언프린텍   **후가공** 평창피앤지   **제본** 다온바인텍

ISBN 979-11-306-7105-5 (03830)

· 책값은 뒤표지에 있습니다.
· 파본은 구입하신 서점에서 교환해드립니다.
· 이 책은 저작권법에 의하여 보호를 받는 저작물이므로 무단 전재와 복제를 금합니다.

다산북스는 독자 여러분의 책에 관한 아이디어와 원고 투고를 기쁜 마음으로 기다리고 있습니다. 책 출간을 원하는 분은 이메일 dasanbooks@dasanbooks.com 또는 다산북스 홈페이지 '투고 원고'란으로 간단한 개요와 취지, 연락처 등을 보내 주세요.